低反発枕草子

平田俊子

幻戯書房

もくじ

低反発枕草子

春は化け物

1

「春は曙」。え？　と思われる方もいるのではないだろうか。漢字ではなく平仮名で「春はあけぼの」ではなかったかしらと。

わたしもずっとそう思っていた。高校の古文の時間に「春はあけぼの」と習った覚えがうっすらある。でも春も夏も授業中寝てばかりいたから、自分の記憶に自信がない。ある時図書館で「枕草子」を調べると、出版社によって「春は曙」あり、「春はあけぼの」あり、「春は、曙」や「春は、あけぼの」まであって、何じゃこりゃと驚いた。もちろん「春は曙」の続きもばらばらだ。

印刷機やコピー機ができるはるか昔のことだから、いろいろな人たちが「枕草子」を筆で書き写した。写し間違いは当然あるだろうし、清少納言が書いていないことをちゃっかり書き加えちゃったりする人もいた。さらにのちの人が句読点をつけたりしたから、今わたしたちが読んでいる「枕草子」はオリジナルとはかなり違っている。清少納言が生きていたら「こはいかに」と怒られそうだが、著作権という意識がなかった時代の人だから意外に平気かもしれない。

とはいえ「春は揚げ物。やうやう熱くなりゆく鍋際、すこし滾《たぎ》りて、紫だちたる茄子《なす》の細くたなびきたる」とまで変えてしまうと、さすがにまずいだろうな。ちなみに「春は曙」という表記は、岩波書店の「新日本古典文学大系」のもの。

高校の授業ではあまり興味が持てなかった「枕草子」だが、大人になってからわかるところだけ読んでみると意外に面白かったりする。たとえばこれなんかどうでしょう?

月のいとあかきに、川をわたれば、牛のあゆむまゝに、水晶などのわれたるやうに、水のちりたるこそおかしけれ

月がとても明るい夜に、牛車《ぎっしゃ》で川を渡ったら、牛が歩くたびに、水晶が割れるみたいに水が散ってめっちゃきれい。てな意味でしょうか。

川は京都の鴨川でしょう。橋が近くになかったのか、牛車に乗ったままざぶざぶと川に入って行ったらしい。やることが結構大胆。牛はどう思ったでしょう。夏ならいいけど、秋の終わりだったりすると「いと冷たし」とため息をついたことでしょう。満月の光が川

に映ってきらきら輝いている。牛が歩くごとにそれが砕け散る。美しい夜の光景です。今のわたしたちなら「ガラスが割れたみたい」といいそうですが、清少納言の時代は水晶なんですね。

宮仕えを辞めたあとの清少納言の様子はよくわからないそうですが、かなり貧しい暮らしだったとか。「枕草子」はロングセラーなのに印税は一銭も入らないから、清少納言は恨んでいるかもしれません。春は化け物~。そういいながらあちこちの出版社の廊下を真夜中さまよい歩いているかもしれません。

2

インターホンが鳴ったので受話器を取ると、「荷物でーす」と宅配便の人の声がした。「はーい。お願いしまーす」と答えてオートロックを解除する。玄関先で待っていると小さな段ボール箱を抱えた人が現れた。「何か少し洩れているようですよ」と配達のお兄さん。「あら、ほんと」。箱の底が黒くぬれたようになっている。母からだなとピンと来る。

受取証にサインをして返すと、お兄さんは「まいどー」といいながらエレベーターに乗り込んだ。

差出人はやはり母だった。台所に運んでガムテープをはがす。プラスチックの密閉容器やジップロックの袋、ぺらぺらのお弁当箱が積み重なっている。中身は、母の作ったかき揚げや豚カツやロールキャベツや煮物など。

八十七歳の母は、いいトシをした娘に、時々こうして食べ物を送ってよこす。決して(ここ大事)、わたしがおねだりするのではない。自分の意志で送ってくるのだ。どうせろくなものは食べちゃいまいとわたしを心配しているわけではない。母は昔から料理が好きで、作ったものを人にふるまって「おいしい」といわれるのはさらに好きなのだ。ちらし寿司を作ったといっては近所に配り、ぼた餅を作ったといってはまた近所に配る。そして「平田さんの作るものはおいしいねえ」といわれて得意になる。それが母の楽しみなのだ。実は近所の人の迷惑になっているのではと娘は密かに案じているのだが。近所だけでは配り足らないのか、宅配便で遠方の娘にも送る。自分の妹や姪にも送っているらしい。いや、まったくありがたいことです。

母は料理は得意だが密閉は苦手で、食べ物の汁が毎回容器から洩れて段ボールをぬらす。何度か注意したけれど、「おかしいねえ。何から洩れたのだろう。きちんと閉めたのに」とけろりとしている。その後も汁は洩れ続け、わたしはもうあきらめている。

荷物の中にはフキの煮物があった。毎年、実家の裏庭を覆うフキだ。さっそく箸をつけながら、とうの昔に亡くなった祖父と祖母のことを思い出す。

フキはもともと祖父母の家に植わっていた。祖父が死に、祖母も死んだあと、家と土地は人手に渡った。祖父が大事にしていた庭木もすべて他人のものになった。

家を明け渡す時、母はフキを掘り起こし、形見のように持ち帰って自分の家の裏庭に植えた。それが根付いて毎年大きな葉っぱを繁らせる。春になると母は茎を切って、フキの煮物や佃煮を作る。そして娘や姪のもとに送る。

フキを食べると必ず祖父母のことを思い出す。祖父母の家で遊んだ日々を思い出す。フキを食べながら感傷的になる人はあまりいないと思うが、わたしの場合はそうである。

3

千葉の美術館に行く途中、地下鉄からJR総武線に乗り換えた。車内はわりに空いていた。ドアに近い席に腰を下ろし、窓の向こうに広がるすがすがしい青空を眺めた。

やがて三十代ぐらいの男の人が乗ってきてドアのそばに立った。ベージュ色のコートを着た人だった。やせておとなしい感じのその人は、立ったまま本を読み始めた。

千葉駅が近づき、わたしは降りる用意をした。その人も次で降りるらしく、からだをくるりと回転させてわたしに背中を向けた。その途端、あっと思った。その人のコートの裾には、しつけ糸がついたままだった。

新しいコートなら「しつけ糸がついたままですよ」と小声で教えることもできる。長年着続け、かなりくたびれたコートだった。もとは白かったはずの糸は、コートと同じ色に変わっていた。しつけ糸のことを今さら伝えていいものだろうか。友人や知人が教えてくれなかったことを見ず知らずの人にいわれるのは、傷つくのではないだろうか。迷っているうちに駅に着き、その人は足早に降りて行った。

しつけ糸がついたままのコートを見たのは初めてではない。新幹線のデッキでも何年か前に見た。やはり男性で、やはりベージュ色のコートだった。まさか同じ人ではないだろうな。昔、同い年の男友だちが、しつけ糸のついたコートで現れたこともある。その時は気軽に注意できたけれど、知らない人だと遠慮がある。

かくいうわたしも、若い頃、スカートの裾のしつけ糸をつけたままはいていたことがある。しつけ糸は取るものだということを知らなかったのだ。知り合いが教えてくれて、赤面しながら糸をほどいた。

しつけ糸ならまだいい。スカートのフックだけとめてファスナーを上げずに電車に乗ったこともある。その時は知らない女性がこっそり教えてくれた。あの時は恥ずかしかったなあ。そういえば値札をぶら下げたままセーターを着ていたこともあったっけ。

ファスナーや値札に比べれば、しつけ糸なんて可愛いものだ。しつけ糸は取らなければいけないという決まりはないし、つけたままの服をあえて着る人もいるかもしれない。

最終日ということもあり、美術館は混んでいた。人の波に押されるように、作品から作品へと移動する。ふと気づくと、しつけ糸つきのコートが目の前にあった。電車の中で見かけたあの人だ。

同じ電車で来た人かどうか、普通なら気がつかない。その人の顔をわたしは覚えていなかった。しつけ糸を見てあの人だとわかった。しつけ糸は目印になるのだな。

悪いことをして逃亡中の人の特徴として、「三十代から四十代の男性、中肉中背、メガネをかけている」などと報じられることがある。「しつけ糸のついた服を着ていた」ということも特徴の一つになるかもしれない。悪いことをする人はそういう服を着ないよう注意しなければ。

4

中央図書館に行き、カウンターの女性に利用者カードを渡す。「予約した本が届いたとメールをいただいたのですが」。髪を後ろで束ねたその人はカードを受け取ると、「お待ちください」とパソコンをかちゃかちゃ。それから「あー」とため息のような声を出した。むむ。嫌な薬缶《やかん》。いや、予感。「あのう、ご予約の本は本町図書館の受け取りになっているんですが」。今度はこっちが「あー」と声を出す番だった。

数日前、ホームページで検索し、遠くの図書館にある本を中央図書館で受け取れるよう手続きをした。つもりだったのに、うっかり本町図書館の受け取りにしてしまったらしい。何ということだ。自分のばかばかばか。両手で頭をぽかすか叩く。

中央図書館と本町図書館は、どちらもうちから歩いて十五分ほどだ。でも片やうちの北側、片や東側とまるで方向が違う。二つの図書館をつなぐバスや電車はなく、三十分ほどかけて歩くしかない。

辺りはすでに暗く、おなかも空いている。これから三十分も歩くのかと思うとげんなりだ。タクシーに乗ってしまおうかという甘い考えが脳裏をよぎる。あかんあかん。体調が悪いんならともかく、自分のミスやから贅沢は認められまへん。運動にもなるし、せっせと歩きなはれ。もう一人の自分が関西弁でいう。

こういうミスは初めてではない。図書館は月曜はお休みだと知っていながら、行ってしまったことは何回もある。金曜に行ったのに、なぜか閉まっていたことも。第四金曜も休館だったことをころっと忘れていたのだ。

うっかり月曜に図書館に行かないよう注意していたのに、いつの間にか第二以外の月曜は開館するようになっていた。それを知った時はショックだった。今までの苦労が水の泡。罠にかからないよう注意を払っていたのに、罠の数が激減していたなんて。休館日が減るのはもちろんありがたいけれど。

自分のミスを呪いながら、中央図書館から本町図書館まで黙々と歩く。足は忙しいけれど頭の中は暇なので、とりとめのないことをあれこれ考える。「うっかり」と「ぼんやり」はどう違うのだろう、とか。電車を乗り過ごすのは「うっかり」なのか、「ぼんやり」なのか。ぼんやりしている人はうっかりしやすそうだが、しっかりしている人もたまにはうっかりするだろう。

あっさり、ちゃっかり、もっさり、さっぱり。「り」で終わる副詞が多すぎり、いや多すぎるのはどういうわけだ。辺りはもう暗く、月がぽっかり浮かんでいる。

あとでご飯をどっさり食べよう。ほっそりした体形はとうにあきらめている。ゆったりした歩道。ゆっくりした足取り。がっちりした家。のっそり立つ木々。「り」で終わる言葉を探しながらぼんやり歩くうちに、図書館の前を通り過ぎ、あわてて引き返したり。

5

借りる本を抱えて図書館のカウンターに行くと、五、六人の列ができていた。自分の番を待つ間、かたわらの台に積まれた薄い冊子を手に取った。図書館が発行する冊子で、自由に持ち帰っていいらしい。

表紙に「三岸《みぎし》アトリエ」という言葉があった。何気なく開いたところ、三岸節子のアトリエが紹介されていた。節子がフランスに渡る前に住んでいたアトリエが、わが中野区に残っているというのだ。

晩年、節子が神奈川県の大磯に住んでいたことは知っていたが、中野にいたことは初耳だった。アトリエをデザインしたのは節子の夫の画家・三岸好太郎だという。残念ながら完成前に好太郎は亡くなってしまった。三岸節子ファンのわたしは、一度アトリエを訪ねてみたいと思った。

一週間ほど過ぎた頃、大磯に住む詩人の大木潤子さんから「遊びにいらっしゃいませんというメールをいただいた。ちょうど一年前、わたしは大木さんに誘われるまま大磯に行き、三岸節子のことなど話した。風はあったが空は晴れ渡り、気持ちのいい一日だった。

それ以来、大木さんとゆっくり話す機会はなかった。「今度は東京で会いましょう。そういえば三岸節子が住んでいたアトリエが中野にあるそうですよ。有料で見学させてくれるそうです」と大木さんに返信した。驚いたことに大木さんはすぐにアトリエの人に連絡し、見学の手はずを整えてくれた。何て手際のいい人だろう。

三月の末、わたしたちは新宿で待ち合わせてアトリエに向かった。西武新宿線・鷺ノ宮駅から歩いて七分ほどの住宅街にそのアトリエはあった。白くモダンな建物で、周辺の住宅とはまるで雰囲気が異なっていた。

インターホンを押すと重そうな木製のドアが開き、女性が顔をのぞかせた。三岸節子の孫で、アトリエの管理をしている愛子さんだ。愛子さんはにこやかにアトリエの中を案内してくれた。節子がいつも絵を描いた部屋には、天井までの大きな窓があった。部屋のまん中には螺旋《らせん》階段がある。節子は階段を上がっては、高いところから制作中の絵をじっと眺めたという。

アトリエの裏手には白いマンションが建っていた。節子の長女の陽子さんと孫の愛子さんはここに住んでおられる。中庭にはミモザの木があり、黄色い花をいっぱいにつけている。花壇には花々が咲き誇っている。三岸節子は花が大好きだった。節子の娘さんも、その娘さんも、やはり花が大好きなのだろう。

アトリエができたのは昭和九年だから築後八十年を過ぎている。あちこち傷み、修繕費がかさむので、近年アトリエを公開したり、貸し出したりすることにしたそうだ。そのおかげでわたしたちも見学できた。

アトリエを借りて人形の写真撮影をする人もいれば、手芸教室を開く愛子さんの知り合いもいるという。イベントをしてもいいらしい。雰囲気のいいこのアトリエを借りて何か楽しいことができないかと考えている。

6

幸せは長くは続かない。あっという間に春休みが終わり、新学期が始まった。春休みは二カ月以上あったはずなのに、一瞬のうちに過ぎた気がする。あー、かったるいなー、桜も散ったし、早く夏休み来ないかなー。新学期早々そんなことを思っているのは学生に限ったことではない。全国の教員一同、同じ思いなのである（個人の感想です）。

渋谷の青山学院女子短大で教えるようになって五年目、池袋の立教大学は三年目。青短は非常勤講師、立教は最長五年の特任教授。どちらも「やりませんか」と声をかけてくれる人がいて引き受けた。わたしは小心者である。人前で毎週喋《しゃべ》るなんてとんでもないと思ったが、無理ならいつでも辞めていいからといわれ、小心者ゆえ断りきれなかった。

青短では詩の演習とエッセイの演習を担当している。受講生は年によって違うけれど、五人から二十人ほどの小さなクラスだ。最初のうちはがちがちに緊張したが、相手は可愛く素直なお嬢さんたち。こちらも可愛く素直なお嬢さんになったつもりで（無理）、少しずつ慣らしていった。

立教では詩の演習とエッセイの演習に加えて、文学講義という名の大教室の授業がある。これが問題。東京ドームより広い教室（あくまで個人の感想です）で、マイク片手に九十分喋り倒すのだ。受講生の数は百人前後だが、わたしには五万人以上に見える。

毎週この日が来るたびに休みたいと思うけれど、休講にするには事務の人に電話して「すみません、きょうは体調が悪くて……」と弱々しい声でいわなければいけない。「仮病でしょ」と見抜かれたらと思うと、恐くてとても電話できない。あきらめて出掛ける支度をし、まとめ買いしてある栄養ドリンクを一本グイッと飲んで家を出る。そして片山先生を思い出しながら駅まで歩く。

片山先生は高校三年の時の担任だった。お酒が好きで、毎朝学校近くの酒屋で一杯ひっかけてから学校に来ていた。酒屋の娘が同じ学年にいたので、先生の朝の寄り道のことはみんな知っていた。始業ベルが鳴り、教室に入って来ると「におうかね？」と先生は訊いた。自分がお酒のにおいをさせているかという意味だ。前の方に座っている生徒が小声で返事した。

もしかすると片山先生は学校に来るのが嫌だったのではないか。お酒を飲みたかったのではなく、自分を鼓舞するために飲んでいたのではないか。教師がお酒を飲んで学校に来るなんて今ならクレームの嵐だが、四十年ほど前は誰も何もいわなかった。

片山先生を見習ってわたしもお酒をひっかけて行けば、学生が何万人でも平気かもしれない。そんなふうに思うけれど、何しろ小心者だから栄養ドリンクで我慢している。

7

思い出は思い出を連れて来る。

片山先生のことを書いたあと、あっちゃんのことを思い出した。あっちゃんは高校三年の時のクラスメートだ。美人で頭もよかったが、教室では居心地が悪そうだった。わたしは山口県の徳山市（現・周南市）に引っ越して三年目だったが、町にも学校にも慣れないままでやはり居心地が悪かった。

隣の席のあっちゃんとは何となく話すようになった。

「杏林大学の『杏林』には医者という意味があるらしいよ」ある時あっちゃんがいった。わたしは杏林の意味どころか、そういう大学があることさえ知らなかった。

別のある時、あっちゃんは「漢字で書くとフランスは仏蘭西、ドイツは独逸。スウェーデンはどう書くか知ってる？」劣等生にわかるはずがない。

「瑞典」とあっちゃんは紙に書いた。これのどこが「スウェーデン」なのだ？「ずいてん」としか読めないだろう。「まあ、当て字だから」あっちゃんはすましていた。

悔しいからわたしも辞書を一生懸命調べて問題を作った。「洋琴はピアノ。風琴はオルガン。では手風琴は何でしょう?」「アコーディオン」あっちゃんはあっさり答えた。「籠球はバスケットボール。蹴球はサッカー。では排球は?」「バレーボール」これまた即答されて悔しさが倍増した。

ある日、ホームルームのあとで片山先生はあっちゃんを手招きした。「あんたは若山牧水が好きなんかね」「いえ別に」「それにしてはよう知っちょったね」「たまたまです」「あれはなかなかええ歌やと思わんかね」「まあまあです」あっちゃんの反応はどこまでも冷ややかだった。

「何の話?」先生が教室を出て行ったあとわたしは訊いた。「ちょっと学級日誌に」日直が書いて担任に提出する学級日誌に、あっちゃんは何か書いたらしい。


白玉の歯にしみとほる秋の夜の酒はしづかに飲むべかりけれ

日誌にはあっちゃんの筆跡でそう書いてあった。これが若山牧水の歌なのだろうか。わたしが知っている牧水の歌は、教科書で覚えた「海底《うなぞこ》に眼のなき魚の棲むといふ眼の無き魚の恋しかりけり」だけだった。

「白玉の歯」って白玉団子がくっついたみたいだな。歯にお酒がしみとおるなんておっさん臭い。おっさんがお酒を静かに飲もうとうるさく飲もうとどっちでもいい。十八歳のわたしには、この歌はピンと来なかった。寺山修司の短歌の方がいいと思った。

しかし問題はそこではない。朝からお酒を飲まずにはいられない担任が読む学級日誌に、お酒の歌を書いて出すあっちゃん。「きょうは風邪で欠席の人が多かった」みたいな凡庸な記述が多い学級日誌に、先生への私信のような、皮肉のようなことをさらりと書くあっちゃん。その大胆さにわたしは驚き、やはりあっちゃんにはかなわないと思った。

8

熱湯で温めたカレーの袋を鍋から引き上げる。ハウスの「ザ・ホテル・カレー」だ。「あちっ」といいながら封を切る。中身が少し飛び散って指にかかり、また「あちっ」といってしまう。

袋の切り口には「ハサミを使用すれば、よりあけやすくなります。」という注意書きが縦に入っている。わかっちゃいるけど毎回手で開け、必ず少しこぼしてしまう。そういうことを楽しんでいるのかもしれない。

しかしこの注意書き、親切というよりお節介ではないか。ハサミを使うと開けやすくなることは誰にでもわかる。「わあ、いいことを教えてもらった。全然気がつかなかったなあ」と感激する人はまれだろう。

昔はこんな注意書きはなかった。わざわざ入れるようになったのは、「袋が開けにくうてカレーが飛び散ったぜよ」という苦情が来たりしたからだろうか。

「よりあけやすくなります。」の「より」がポイントだな。当社としては精一杯開けやすくしておりますが、ハサミを使うとよりスムーズですよといいたいのだろうな。

今やすべてのカレーの袋に、この注意書きがあるのだろうか。気になってお店に走り、何種類か買ってきた。ハウスの「カレーマルシェ」の袋にも、「ザ・ホテル・カレー」と同じ言葉が書かれていた。同じ会社だからだな。

ところが中村屋の「技あり仕込みビーフカリー」の袋にも、まったく同じことが書かれていたのだ。他社なのに。違うのは、ハウスは袋の片面に一カ所ずつだが中村屋は二カ所ずつ、両面で四カ所に書いてあることだ。何という念の入れよう。

神戸のMCCの「世界カレー探訪」の場合、「あけにくいときはハサミ等をご使用になれば、よりあけやすくなります。」と長い。縦書きで、片面に一カ所ずつ計二カ所。

S&Bの「ディナーカレー」には見当たらない。と思ったら、「やけどに注意!」という囲みの注意書きの中に、「あけにくいときはハサミで切ってください。」と横書きされていた。片面のみで一カ所。最少記録だ。

子ども用には当然書かれていると思ったが、丸美屋の「ポケモンカレー」にはなかった。食べるのは子どもでも、温めたり開封したりは大人だからかな。注意書きのかわりに、おまけのシールが一枚入っていた。

ハヤシライスはどうだろう。明治の「銀座ハヤシ」には、これまたハウスや中村屋と同じ言葉が書いてある。注意書きの定番なのか。ただし片面のみで一カ所、縦書き。最少記録でS&Bに並ぶ。

法律で義務づけられてでもいるように、丸美屋以外にはハサミ云々が書かれている。書いてない会社は他にないかと探すと、金沢の会社が出している「金沢カレー」が見つかった。賞味期限と製造番号らしき数字のみ袋に書かれ、あとは真っ白というシンプルさ。こういう姿がまだあることにほっとして今回の調査を終えた。

9

下北沢の書店で、写真家・鬼海弘雄《きかいひろお》さんのトークイベントがあると聞いて駆けつけた。わたしは鬼海さんの写真のファンだ。インドやトルコで撮った写真も素晴らしいが、三十年以上浅草に通って撮り続けてきた人物写真にはさらに惹かれる。

そこに写っているのは、寂しそうだったり、今にも泣き出しそうだったり、腹黒そうだったりする人たちだ。何かにじっと耐えていたり、心に重たいものを抱えていたりしそうな人たちが写真の中からこちらを見据えている。幸せそうな顔をした人は一人もいない。

浅草で道ゆく人に声をかけて、鬼海さんは写真を撮らせてもらうという。ほとんどの人と初対面のはずなのに、どうして裸の表情を引き出せるのか不思議でならない。

写真のキャプションにも味がある。「ゆっくりとまばたきをする男」「胃弱だという男」「ステッキを買いに来た男」など、意表をつくものばかり。こんなキャプションがほかにあるだろうか。鬼海さんは写真だけでなく、言葉の人でもあるのだ。

『誰をも少し好きになる日』（文藝春秋）は、鬼海さんの文章と写真の両方が楽しめる随想集だ。文章だけにかまけてきた人にはない感受性や表現が、あちらこちらできらきら光る。

この本を読みながらわたしは付箋をたくさん貼った。一部を書き写すだけでは魅力が伝わりにくいと思うが、たとえばこんなところに惹かれた。

「雨季の光は特別で、モノクローム写真に豊かなグラデーションを与えてくれる。影が黒くつぶれないことも気に入っている」

「昔から放浪を繰り返してきて覚えたのは、安楽で快適な時間は記憶に何の痕跡も残さないということだ」

「浅草でポートレイトを性懲りもなくつづけているのは、『人間とは何だろう』という答えのない問いをずっと抱えているからだ」

鬼海さんの文章を読むのは時間がかかる。思いがけないところに宝石が隠れているので、斜め読みできないからだ。

下北沢でのトークが始まった。アシスタント役の担当編集者さんが、鬼海さんの新刊に使われた写真を一枚ずつスクリーンに映す。それを見ながら鬼海さんは、それぞれの写真の背景を自由に語る。はにかむような、ゆっくりした口調で。マイクは使わず、肉声で。手元には原稿もメモもない。何の準備もしていないような気ままな話し方ながら、言葉の一つ一つに含蓄がある。

「ポートレイトはその人の内面や価値観、これからゆく道を写すもの」

「ポートレイトを撮る時は目線だけでなく、肩の線、腕の線が大事」

「カラーだと現実のコピーになるからモノクロで撮る」

「才能ないなあ、撮れないなあとほとんどぼやきながら歩いている」

声に付箋は貼れない。わたしはノートに鬼海さんの言葉を書き取っていく。鬼海さんは書き言葉だけでなく、話し言葉の人でもあるのだなあと羨ましく思いながら。

10

装幀家の間村さんと妻の朋恵さん、エッセイストの平松さんと、文楽や芝居をたまにご一緒する。舞台を観たあとはお酒のある場所に自然と足が向かう。先月、浅草で浪曲を聞いたあともそういう流れになった。

「今度ドジョウを食べに行かない?」

お酒がほどよくまわったところで間村さんが提案する。「行きたい!」と平松さん。朋恵さんも頷いている。「行くなら飯田屋がいい」「わたしも。飯田屋おいしいよね」三人はドジョウの話で盛り上がっている。

わたしはドジョウにはまったく興味がない。ドジョウと縁のない人生を歩んできたが、悔いはない。わざわざドジョウを食べようとは思わない。全然食べる気がしないといってもいいぐらいだ。

三人の視線を避けるようにして黙ってコロッケをつついていると、「平田さんも行くよね」と声がかかった。うひゃあ。見えていたのか。「いやあ、ドジョウはちょっと。ウナギは好きだけど」わけのわからぬ断り方をすると「大丈夫。飯田屋はウナギもあるから」と間村さん。ちっ。ドジョウ屋がウナギを置くなよ。「五月の連休はどう？」三人の間でどんどん話が進んでいく。

お酒の席の話は、その場では盛り上がっても翌日には忘れられることが多い。どうぞ三人がドジョウを忘れてくれますように。仮に覚えていても、わたしのことは忘れてくれますように。そう願っていたが、数日後、間村さんから電話があった。

「ドジョウ、三日と五日のどっちがいい？」三日も四日も五日も六日も永遠にダメですといいたいのに、「できれば三日の方が」と答えてしまう。これでもう、あとに引けなくなってしまった。

三日はたちまちやって来た。連休だし、お天気はいいし、浅草は大賑わいだ。飯田屋さんにもお客があふれ、わたしたちは別館のお座敷に案内された。宴会用の広間だそうだ。「こんな部屋があったんだね」「知らなかった。いつも二階だから」三人は珍しそうに部屋を見回している。関西から来たのだろうか、関西弁を話す三人連れが少し離れたテーブルにいる。さすが連休だ。

「ドジョウの唐揚げとうざく、ドジョウ鍋のヌキを二枚。それとビール」注文を聞きに来た仲居さんに、間村さんはすらすら答える。

「あとでマルを頼もう」ヌキとかマルとか何ですねん。タヌキの親戚か何かですか。

「ヌキは開いて背骨を抜いたドジョウで、マルは丸いままのドジョウ」と朋恵さんが教えてくれる。「ドジョウの唐揚げを略してドカラというの」と平松さん。どうしてみんな、そんなにドジョウに詳しいんだ。

ドジョウに関するわたしの知識は、お池にはまってさあ大変のどんぐりの坊ちゃんと遊んであげた優しい魚ということぐらいだ。ドジョウを食べてしまったら、お池にはまった坊ちゃんは誰と遊べばいいのだろう。そんなことを思いながらドジョウの到着を仕方なく待った。

11

「お待たせしました」

ビールを飲んでいると、仲居さんが料理を運んで来た。うざくの鉢が四つとまぐろの山掛け、それにカンナで削った木屑《くず》の山盛り。こんなもの頼んだかな。

テーブルに置かれた木屑に、三人はさっと箸を伸ばす。わたしは正体不明の皿は無視して、うざくに手をつけた。ぷりぷりしたウナギと薄切りのキュウリが、三杯酢の中で抱き合っている。ウナギの茶色とキュウリの緑の、コントラストの美しさ。すぐに平らげ、やっぱりウナギはおいしいなあと思った。

間村さんたちは細くてモヤモヤした木屑を口に運んでいる。木屑の上には、黒焦げの細長いものが載っている。「平田さんも食べて」「これ何ですか」「ドジョウの唐揚げ」ああ、これが通称ドカラか。「もしかしてこの黒いのがドジョウですか」「そうそう」思ったよりやせている。わたしの指より細いぐらいだ。ダイエットしたのだろうか。

こわごわ口に入れるとカラリと揚がっている。まずくはないが、毎日食べたいとは思わない。土のようなにおいが少し気になるが、このにおいも含めてドジョウの味なのだろう。「このモヤモヤしたのは何ですか」「ゴボウの揚げたの」こいつは驚いた。白いし、長いし、ちっともゴボウらしくない。口に入れると、なるほどゴボウの味と香りだ。

テーブルには旧式の小さなガスコンロが二つある。仲居さんは浅くて黒い鉄の鍋をコンロに載せ、マッチで火をつけた。鍋の底にゴボウがたっぷり敷かれ、その上に放射状にドジョウが並んでいる。頭と骨がない気の毒なドジョウだ。煮立ったところで山盛りのネギを入れてさらに煮る。頃合いを見てみんな箸を伸ばす。

ふわふわしている。蒸した穴子のように柔らかい。ゴボウとネギのにおいに紛れ、ドジョウのにおいは気にならない。テーブルには竹の容器に入った山椒と七味唐辛子がある。いろいろなものでドジョウのにおいを消して食べるのだな。そうまでして食べないといけないものなのか。

「どう?」と間村さんが訊く。「おいしいです」と答えるとほっとした顔になった。「こんなものが食えるか」と、わたしがテーブルをひっくり返すと思っていたのだろうか。

たちまち鍋は空っぽになり、次にマルを注文した。ぬるく燗をつけたお酒も並び、テーブルの上は賑やかになった。心地良く酔いがまわり、仲居さんに足の裏を踏まれても気にならない。温泉宿にでもいるような気分。窓の障子を開けたら露天風呂があるんじゃないかと思ったりする。

マルのドジョウはぬめりがあった。小骨が頬の内側に当たるが、痛いというほどではない。ドジョウもなかなかいいものだ。でもウナギには負ける。もっとウナギを頼めばいいのに。蒲焼きとかウナ重とかウナ丼とか。三人の様子を窺うが、ドジョウに心を奪われてウナギのことなど眼中にないようだった。

12

連休に電車に乗ればゴール電ウィークで、伝統芸能に親しめばゴール伝ウィーク。田園を歩くとゴール田ウィークで、デンマークに行けばまさにゴールデンウィーク。なんてことを思ってるうちに、連休はあっさり終わってしまった。あまり連休気分を味わえなかったのは連休ではなかったからで、祝日のはずの四月二十九日と五月六日、いつもの火曜と同じように短大の授業があった。

すべての曜日の授業日数を同じにするため、祝日を授業日にしたり祝日じゃない日をお休みにしたりして学校側は調整する。それで四月二十九日と五月六日は授業日になってしまった。いつもの週とまったく同じだったおかげで浮かれることなく連休を過ごし、落ち着いて本も読めた。残念なんだか、よかったんだか。

むらさきの御守りひとつ月曜のカバンに戻し旅を終へたり

連休ではない連休中に、大松達知《おおまつたつはる》さんの『ゆりかごのうた』（六花書林）という歌集を読んだ。その中にこんな歌があった。

仕事用のカバンに入れるかつけるかしている御守りを、週末、旅行用のカバンに移して旅をしたのだろう。無事に帰宅したあと、新たな週に向けて御守りをいつものカバンに戻す。楽しかった旅を振り返りながら。そして気持ちを切り替え、旅は終わる。わたしはいつの頃からか御守りを持たなくなったけれど、この歌の気分は何となくわかる。

勝ち負けはそりゃ大事だが観客の入りの気になる古きロッテファン

大松さんはロッテのファンらしい。球場に空席が目立つと、ファンは寂しい。勝ってもあまり盛り上がらないし、負け試合なら無念さ倍増。贔屓《ひいき》のチームが勝っても負けても観客は多い方がいい。

心音を聞けば聞くほどあやふげな、いのちとならんものよ、いのちとなれバットの快音よりいとおしいのは、母親のおなかにいる赤ん坊の心音だろう。この歌集は、後半、胎児や赤ちゃんの歌が並ぶ。大松さんは父親になったのだ。

〈ゆりかごのうた〉をうたへばよく眠る白秋系の歌人のむすめ

大松さんが参加する歌誌「コスモス」は、北原白秋の門下生だった宮柊二《しゅうじ》が創刊した。大松さんはまさに「白秋系の歌人」。白秋の子守唄ですやすやと眠る赤ちゃんを見て「さすがわが子」と誇らしく思ったのだろう。顔をほころばせるお父さんが見える。

おまへを揺らしながらおまへの歌を作るおまへにひとりだけの男親

歌集の中で一番じんときたのはこの歌だ。繰り返される「おまへ」に父親の深い愛情を感じる。わが子を「おまへ」と呼ぶたびに愛は深まっていくようだ。こんなふうに親に愛される子どもはいいな。白秋系の歌人の娘さんがすくすく育っていかれますように。「子どもの日」を過ぎても子どもたちが幸せでありますように。歌集を読み終えたあと、そう願わずにはいられなかった。

13

大松達知さんの『ゆりかごのうた』という歌集のタイトルは、もちろん北原白秋が作詞した童謡にちなんでいる。白秋の童謡は、正確には「揺籠のうた」と書く。難しい漢字で書かれるとあまりゆりかごらしくない。そのためか平仮名で「ゆりかごのうた」と書かれることが多いようだ。

揺籠のうたを、
カナリヤが歌ふよ。
ねんねこ、
ねんねこ、
ねんねこ、よ。

北原白秋作詞、草川信《しん》作曲のこの子守唄は古くから親しまれてきた。わたしも小さい頃から知っている。ラジオでこの歌をプレゼントされたこともある。贈ってくれたのは父親だ。はるか昔、娘の一歳の誕生日に贈りたいからと、父はラジオ番組にハガキを出してこの歌をリクエストしたらしい。ハガキは読まれ、「ゆりかごのうた」がラジオから流れた。父は家にいなかったから、わたしは母とこの歌を聞いた。もちろん何も覚えていない。あとになって母から聞いた話だ。

なんて書くと仲のいい親子みたいだが、父とわたしは折り合いが悪く、口を開くとケンカになった。どちらも短気でわがままなせいだ。

わたしはお父さんに嫌われている。高校生の頃、母にそんな話をした。その時母は、父が「ゆりかごのうた」をリクエストした時の話をしてくれた。ちょっと胸が熱くなったが、それをきっかけに父と仲良くなることはなかった。仲良くなれないまま六十六歳で父はあっけなく亡くなった。「ゆりかごのうた」を聞くと父のことを思い出す。

ところでゆりかごの寝心地はどうなんだろう。子どもの頃からゆりかごはわたしのあこがれだった。うちにはそんなしゃれたものはなかった。ベビーベッドさえなくて、布団にごろんと寝かされた。カナリヤもいなかった。

大人用のゆりかごはないのだろうか。あればその中で眠ってみたい。揺り椅子やハンモックもゆれるけれど、揺り椅子は座ってなきゃならないし、ハンモックは油断すると落っこちそうだ。ゆりかごの方が安定感がある。

赤ん坊のゆりかごは大人がゆらしてくれる。大人用のゆりかごがあるとして、誰にゆらしてもらえばいいのだろう。ゆりかごの中でごろごろ転がって自分でゆらすのは違う気がする。といって、ゆらしてほしい時にゆらしてくれる人がまわりにいるとは限らない。電動式のゆりかごがあればいいのだろうか。

電車の中で、酔っ払って座席に寝そべる人がいる。まわりは迷惑だが、本人は幸せそうだ。電車のゆれはゆりかごに似ているのかもしれない。電車は走るゆりかごなのか。

時代劇を見ていると、二人の男がかつぐ駕籠《かご》が時々登場する。駕籠に乗ってえっさ、ほいさと運ばれて行くのはラクチンそうだけど、実は駕籠の中は激しくゆれていると思う。ゆりかごと、ゆれる駕籠は似て非なるものだ。ゆりかごでは眠れても、激しくゆれる駕籠では眠れそうにない。

14

高村光太郎の詩集『智恵子抄』は、智恵子が結核で亡くなった三年後の昭和十六年八月に出版された。その後時代は戦争に向かい、光太郎は『智恵子抄』に収めた詩篇の何倍もの戦争協力詩を書いた。

昭和二十年四月の東京大空襲で、千駄木にあった光太郎のアトリエは焼けた。かろうじて持ち出すことができたのは彫刻刀や砥石《といし》程度で、光太郎の原稿も彫刻もデッサンも焼けてしまった。

翌月、光太郎は宮沢賢治の実家を頼って岩手県花巻に向かう。賢治は昭和八年に亡くなっていたが、弟の清六と交流があった。ところが何ということか、八月十日の花巻空襲で賢治の実家も焼けてしまった。宮沢家の人にはもちろん不運だが、光太郎にとってはさらなる不運に見舞われた。

ちなみに宮沢賢治は生前ほとんど誰にも理解されなかったけれど、草野心平を通じて賢治の詩を読んだ光太郎は、賢治の才を早くに認めたうちの一人である。大正十五年十二月、上京した賢治が光太郎のアトリエを突然訪ねたこともある。あいにく光太郎は出掛けるところだったので、ほんの短い時間、言葉を交わしただけに終わった。

明日は家にいるからまた明日いらっしゃいと光太郎は賢治にいう。しかし賢治が再び光太郎の前に現れることはなかった。賢治が翌日も光太郎を訪ねていたら、どんな会話が交わされただろう。

花巻で敗戦を迎えた光太郎は、戦後も東京には戻らなかった。花巻郊外の村に粗末な小屋を建て、以後七年間、自炊生活をする。

六十歳を過ぎてから、知らない土地で、慣れない畑仕事をしながら暮らすのは決して楽ではなかっただろう。せまい小屋だから彫刻はできないし、冬には寝ている枕元に雪が積もる。まるで自分を罰するような山小屋暮らしは、戦争協力詩を書いた自分への流謫《るたく》の意味もあったといわれている。

わたしは高村光太郎に複雑な思いを抱いている。中学生の時初めて『智恵子抄』を読み、二人の愛に無邪気にあこがれて「あどけない話」を暗記した。二十歳を過ぎると、待てよと思った。光太郎は智恵子に自分の理想を押しつけようとしていると感じた。光太郎が戦争協力詩を書いたことにも抵抗を覚えた。五十歳を過ぎた今は、挫折と葛藤多き高村光太郎の作品や生き方をもう一度見つめ直したい気がしている。

高村山荘と呼ばれる花巻の山小屋にいつか行きたいとずっと思っていた。五月二十五日、駆け足ながらようやく行くことができた。何しろ築七十年近い、古くて粗末な小屋だ。保護のため建物全体が二重に覆われ、ガラス越しにしか眺めることができなかった。ガラスを割ってしまいたかったが、そうもいかない。もどかしかったけれど、ここで光太郎が寝起きし、「暗愚小伝」などを書き、重苦しい日々を過ごしたのかと思うと胸に迫るものがあった。

15

高村山荘を覗くと土間の向こうに囲炉裏があり、その奥に小さな座り机があった。壁を利用して作られた棚には本が傾きながら並んでいる。土間を除けば三畳ほどの板敷きの小屋。光太郎が暮らしていた頃は雑多なもので埋まっていたらしいが、今は整然と片付いている。

高村光太郎記念館のガイドさんに促されて小屋を出る。少し歩くと「雪白く積めり」の詩碑がある。その先に展望台に向かう山道が見えた。光太郎の「案内」という詩を思い出した。

坂を登るとここが見晴し、
展望二十里南にひらけて
左が北上山系、

右が奥羽国境山脈、
まん中の平野を北上川が縦に流れて、
あの霞んでゐる突きあたりの辺が
金華山《きんかさん》沖といふことでせう。

展望台まで行けばこの詩の風景が見えるのだ。一刻も早く登りたかったが、ガイドさんは「そろそろ時間なのでバスに戻りましょう」といった。そ、そんな殺生な。一人で走って行ってこようかしらん。「展望台までどれぐらいで行けますか」「健脚の人で片道五分。わたしは十分かかります」とガイドさん。わたしの足なら片道三十分かかるかもしれない。予定では、わたしたち一行はこのあとバスで宮沢賢治記念館に向かうことになっていた。わたしだけここに置き去りにしてほしいと思ったが、小心者だからいい出せない。
「展望台からの見晴らしはいいんでしょうね」未練がましくガイドさんに訊く。「そうでもないんですよ」「え」「あまりよく見えません。金華山沖なんてとても」「見えないんですか」「はい」わあ、光太郎にまた騙《だま》されちゃったよ。内陸のこの辺りからは海は見えないのではと薄々気づいていたけれど、やっぱりそうか。「展望二十里南にひらけて」もアヤシイな。

「また」騙されたというのは、『智恵子抄』の「樹下の二人」にも脚色があるからだ。「あれが阿多多羅山《あたたらやま》／あの光るのが阿武隈川《あぶくまがわ》」で始まるこの詩は、智恵子の生家の裏山を舞台に書いたとされている。わたしは昔その地を訪ねた。裏山に立つと「阿多多羅山」（安達太《あだた》良山《らやま》）は後ろに見えた。「阿武隈川」は前方にあるらしかったが、背のびをしても目をこらしても見えやしなかった。実際の地景を光太郎は変えた。詩にとっての美しさを優先させた。詩人の業《ごう》だろう。

　東京に戻ったあと、光太郎が亡くなったアトリエはまだあるだろうかと気になった。昭和二十七年、青森の十和田湖畔に「乙女の像」の彫刻を造るため花巻から上京した光太郎は、画家の中西利雄のアトリエに住む。彫刻を完成させた三年後、光太郎はアトリエで息を引き取る。中野区にあるそのアトリエを数年前わたしは探し当てた。老朽化していたが昔の姿のまま残っていた。その後もたまに見物に行く。

　最後にアトリエを見に行ったのは一年以上前だった。古い建物だから、ひょっとするともう壊されたかもしれない。恐る恐る訪ねて行くと、ペンキはさらに色あせていたが建物はしっかりと立っていた。ほっとした。何となく拝みたくなってアトリエの前で手を合わせた。

16

最近、バーに行くことを覚えた。もちろんお金持ちが集まる銀座の高級バーではない。カップルが肩を寄せ合って夜景を楽しむ、ホテルのおしゃれなバーでもない。もっと気さくで居心地のいいバーだ。

物静かなマスターがカウンターにいて、おいしいお酒を作ってくれて、流れる音楽もまわりの人のお喋りも控えめなお店。そういうお店にわたしは惹かれる。

といいつつ、お酒が弱いわたしが注文するのは生クリームや果物を使った甘いカクテルばかりなのだが。シャカシャカシャカと小気味いい音を立てて振られたシェイカーから生まれるミント色やオレンジ色の美しい液体。足の細いグラスに注いでもらったその液体をちびちび飲む時の幸せといったら。

残念なのは量の少なさだ。生ビールのようにぐいぐい飲んでみたいけど、バーで出されるカクテルはいつもちょっぴり。本気を出せばひと口で飲み干せるほどのちょっぴりさ。

おかわりできるのは二杯程度なので（財政的に）、ちびちびと飲むしかない。

口の悪い友人は、甘いカクテルばかり頼むわたしに、マクドナルドに行ってマックシェイクを飲みやがれという。わたしもそう思う。マックシェイクは容器にたっぷり入ってるからぐいぐい飲める。おかわりだって恐くない。でも中学生や高校生にまじってマックシェイクを飲むのと、バーでカクテルを飲むのとでは満足感が違うと思うのだ。

バーは飲み物だけでなく雰囲気を味わうところだ。ひと時、寛《くつろ》げる場所と時間が欲しくてバーの椅子に座る。チェーンの居酒屋みたいに大騒ぎする人がいないだけでも、バーの存在はありがたい。

バーという時、胸に浮かぶ面影がある。小学校の同級生だったミキちゃんだ。ミキちゃんは美人で明るく、スタイルもよかった。女子より男子に人気があった。ミキちゃんのお母さんは小さなバーを営み、その二階にミキちゃんと住んでいた。

担任の山田先生がバーによく来ることを、ミキちゃんは悪びれることなくクラスメートの前で話した。お店だけでなく部屋にも来るのだと、お母さんと先生は仲良しなのだとミキちゃんは得意そうにいった。

そのうちミキちゃんはテストで百点ばかり取るようになり、一学期の通信簿はオール五だった。授業中に当てられても答えられないのになぜ百点取れるのだろうと不思議だった。

学校の教科はすべて山田先生が教えていた。当時は何も気づかなかったが、ひょっとして山田先生はテストの答えを……と、大人になった今ではこっそり思う。ミキちゃんはやがて遠くへ転校し、その後の消息は聞かない。

初めて行くバーのドアを開ける時、ふと胸が騒ぐ。もしかするとミキちゃんがこの店にいるのではないか。バーのママになって、カウンターの向こうできれいな笑顔を見せているのではないか。そういうことを思うのだ。

夏は鳴り物

1

子どもの写真展が開かれているという話を聞いた。子どもを撮った写真ではなく、子どもが撮った写真の展覧会らしい。何だか面白そうなので行ってみることにした。

会場は、日比谷公園の中にある建物の一室だ。階段を上がって三階の会場に行くと、大量のカラー写真が壁を埋め尽くしている。

撮影したのは首都圏に住む小・中学生たち。展示されている写真は約千百点。それぞれの写真には撮影した子どもによる短い文章が添えられ、写真の背景が語られている。この文章がまた率直で面白い。

予想した通り、ペットの写真はたくさんあった。犬、猫、うさぎ、ハムスター、インコなどなど。大人が撮った生き物の写真より、被写体との心理的な距離が近いように思った。

妹や弟を撮った写真も目についた。ハイハイしている幼い妹、ケーキを作っている弟、逆立ちしている妹、ガラスに顔を押しつけている妹。親が撮らないような姿を、姉や兄はパシャリと撮る。きょうだいへのいとしい思いがあふれている。

父や母を撮った写真はほとんど見当たらない。そろそろ中年になる親は被写体としての魅力に欠けるのだろうか。親を撮るのは照れ臭いとか、親の方が撮られるのを嫌がったとか、いろんな理由があるのかもしれない。

友だちを撮った写真はもちろん多い。教室でふざける男の子たち。魔法使いのように箒《ほうき》にまたがる男の子、タテ一列に並んで千手観音の真似をする女の子たち（四人なので八手観音だった）、ジャングルジムのてっぺんに立って腰に手を当てて笑う女の子。親や教師が知らない子どもたちがいる。

学校を撮った写真も多かった。誰もいない教室や廊下。体育館。散らかっている教師の机。畳敷きの和室の図書室。畳といえば、自宅の畳の縁を撮った写真もあった。縁の模様が気に入ったらしい。

生徒と教師でぎゅうぎゅう詰めのエレベーター。床にひっくり返って駄々をこねる小さい子。お皿に一個だけ残ったジャガイモ。ユニークな視点で一瞬が切り取られている。

自宅の階段にある木の節がマルチーズの顔そっくりなことに気づき、それを撮った小学生もいた。子どもは楽しいものを見つける天才だ。

撮影に使ったのは、メーカーが寄贈したデジタルの一眼レフカメラだという。カメラをぶら下げた友だちの姿を写している子どももいた。カメラに疎いわたしは一眼レフと聞いただけでおおっと思ってしまうが、子どもでも持てる小型のカメラだった。

子どもの詩は大人の書く詩と違うが、写真も同様だ。生命力にあふれ、のびやかで、被写体にたいしてまっすぐだ。子どもの生き方それ自体が生命力にあふれ、のびやかで、まっすぐなのだと思う。詩と写真、どちらも現れるのはその人自身だ。

2

知り合ったばかりの人が湯葉と豆腐の詰め合わせを送ってくれた。頂戴するいわれはない。宅配便のお兄さんから受け取るのを一瞬ためらったけれど、生ものだし、受け取りを拒んで相手に返すのも角が立つ。恐縮しながらありがたく頂戴することにした。

その人は三重県に住んでいる。送ってくれた湯葉と豆腐も、三重のお店で作られたものだった。

どこで買っても豆腐はおいしい。まずい豆腐にあたったことは一度もない。三重のお豆腐も、三重以外のお豆腐同様、きっとおいしいことだろう。わたしはその白く柔らかな食べ物に特別な期待はしなかった。

冷蔵庫で冷やしたお豆腐を、深みのある皿に盛って夕食の一品にした。お醤油をほんの少したらし、箸で崩して口に運ぶ。おやと思った。ほんのり甘い。砂糖ではなく、大豆そのものの甘みがする。こんなお豆腐は初めてだ。

説明書を見ると、三重県産の大豆を使っているらしい。産地によってこうも違うものなのか。今まで食べてきた中で一番おいしいお豆腐だ。半分だけ食べるつもりが、全部ぺろりと平らげてしまった。

すると食器は空っぽになった。それが何だか不思議な気がした。少し前まで目の前にあったものが、今はあとかたもない。豆腐はどこに行ったのだろう。もちろんわたしの胃袋の中に決まっている。頭では理解していても気持ちが追いつかない。豆腐が消えた現実を受け容れられない。

この世に存在していたものが、食べたぐらいでどうして消えるのだ。次から次へとわいてきて、永遠にあり続ければいいではないか。せっかくこの世に生まれてきたのだからしぶとく存在し続ければいい。

知り合いも知り合いだ。どうせ送ってくれるなら、いくら食べてもなくならないお豆腐を送ってくれればいいのに。あきらめきれず、わたしは皿の底を箸でつついた。そうするとたくさんの豆腐が現れるみたいに。

思い起こせば、こういう感覚は子どもの頃からずっとあった。たとえばアイスクリームを食べたあと、容器は残っているのに中身がなくなったのが理解できなかった。ごはんが足りなかった猫が空っぽの食器の底を前足で引っ掻くみたいに、アイスクリームの容器の底をつついてみた。わたしの知能は今も昔も猫並みということか。

永遠に続くように思われた子どもの頃の夏休みは、いつか必ず終わりが来た。容器が空っぽになるように夏休みはどこかに去った。ある日身近な人が家から消えて、二度と戻ってこなかった。目の前にあったものが消えること。身近にいた人がいなくなること。何度体験してもそのことはやはり不思議に思えるのだった。

3

土曜日から一泊二日で福岡の実家に帰ることになった。お正月に帰って以来だから、ほぼ半年ぶりだ。

帰省の目的は母の誕生祝いである。母は八十七歳になる。ということは米寿の祝いをする時ではないかという話が、お正月に持ち上がった。米寿は満年齢でなく、数え年で祝うものらしい。「何もしなくていいから」と母は手をふった。「祝ってもらうと寿命が縮まる。ばあさんはそういって嫌がったから一度もお祝いをしなかった。わたしも何もしなくていいから」。

「ばあさん」というのは母の実母だ。実母を「ばあさん」と呼ぶのはどうかと思うが、母は昔からそう呼んでいた。祖母は九十歳をいくつか過ぎるまで健在だった。

いわれてみると、祖母の長寿を祝った覚えはない。祝うと災いを招くなどということが本当にあるかどうか知らないが、祝い事をしなかったから九十過ぎまで生きられたと祖母は思っていたのだろうか。

母が祖母と同じ理由で嫌がっているのか、それともわたしや妹に気を遣っているのかよくわからない。ふだん母の誕生日にわたしは帰省しないが、米寿となれば一緒に祝いたい。妹と相談し、派手なことはせず普通の食事会ということにして家族で集まることにした。

家族といってもわずか四人だ。父は二十年以上前に他界したし、わたしは独り身、妹のところは子どもはいなくて夫婦ふたりだ。四人だと麻雀やバドミントンはできても、バスケットボールのチームは組めない。ちょっと寂しい人数だけど、予定は立てやすい。四人の都合を照らし合わせて日取りを決めた。

次は場所である。義弟のおすすめの料亭を教えてもらい、わたしが電話で予約する。次は福岡までの乗り物の手配だ。飛行機より電車が好きなわたしはお盆やお正月にはのんびり新幹線で帰るが、一泊二日だと新幹線はつらい。旅行代理店に行って飛行機のチケットを買う。

乗り物の次はお土産だ。ちょっと実家に帰るだけでも、いろいろと用意が必要だ。面倒くさい気もするけれど、一生に一度の母の米寿のためだ。

母が元気でいてくれることは、娘たちには何よりありがたい。六十代の半ばで亡くなった父の分まで、母は生きようとしているのかもしれない。わたしは八十七歳まで生きる自信はない。母もわたしたち姉妹も、いつまでこの世にいられるかわからない。会える時に会い、祝える時に祝っておくに限る。

ささやかな実家の庭には、今、アジサイが丸く咲いていることだろう。レモンの花はとうに終わったらしい。セッコクの時期も過ぎてしまった。トマトやキュウリはどうだろうか。お盆やお正月には咲いていない花を見られるのは、ちょっと楽しみだ。

4

羽田空港を飛び立って三十分ぐらいすると、隣の席の女性が「んふっ」と忍び笑いをもらした。何か楽しいことを思い出したのだろうと気に留めなかったが、しばらくすると今度は「んはっ」と笑った。前より力強い声だ。続いて「んはははは」。さすがに気になり、読んでいた機内誌から顔を上げてそっと隣を見た。五十代ぐらいの品のいい女性が、目をつぶって寛いでいる。突然笑い出したりする人には見えない。と思っていると、また「んははははっ」。

その人の耳には機内に備え付けのヘッドホンがあった。あっ、もしかして。わたしは機内誌をぱらぱらめくり、後ろの方のページを探した。「機内オーディオ番組」、これだ。チェックすると、桂米朝さんの落語があった。「まめだ」と「替り目」。この人はこれを聞いて笑っているに違いない。そんなに面白いのだろうか。わたしも聞いてみたかったが、おばさんが二人並んで「んはっ」「んはっ」とやるとまわりの人は不気味だろうと思って我慢した。

飛行機の中では意外なことが起きる。昔、アエロフロートの安い飛行機でベルリンに向かった時、モスクワで小型の飛行機に乗り換えた。わたしの席にはいかつい大男がふんぞり返っていた。席を間違えていると思い、片言の英語で「ここはわたしの席です」というとロシア語らしきものでまくし立てられた。意味がわからずぽかんとしていると、その人は立ち上がって別の席に移った。わたしは自分の席に座った。続いて、でかいシェパードを連れた男が乗り込んできた。散歩の途中にちょっと飛行機に乗ってみましたという感じだ。おおと思ったが、誰も何もいわない。客室乗務員も注意しない。シェパードと一緒に乗ってもいいのか。

そういう自由な飛行機では、指定された席に座る人は少ないのだろう。さっき男がまくし立てたロシア語は「何細かいこといってやがる。どこでも空いてる席に座ればいいじゃねーか」という意味だったに違いない。

タイのチェンマイに向かった時も意外なことがあった。バンコクから国内線の小さな飛行機に乗り換えると、紙の箱に入ったサンドイッチが軽食として配られた。隣の席のおねえさんが、サンドイッチを配る男性に何やら話しかけた。しばらくするとその男性はサンドイッチをどっさり抱えてやって来て、おねえさんに全部渡した。おねえさんは笑顔で受け取った。

「サンドイッチどうせ余るでしょ。わたしにくれない？」

「よっしゃ。まかしとき」

さっきの二人のやり取りはこんな感じだったのだろう。日本でこんなことをしたら問題になるがタイは大らかだ。男の人は余ったサンドイッチをわたしにも一箱くれた。え、まずいんじゃないのと思ったが、隣のおねえさんが「もらっちゃえ、もらっちゃえ」という笑顔でこちらを見るのでわたしも共犯者になることにした。

5

近所を歩いていると、日傘をさした制服姿の女子高生とすれ違った。薄曇りの日の午後六時過ぎで、日はほとんどさしていない。わたしは日傘どころか日焼け止めクリームさえ塗っていない。用心深い高校生だなと思ったが、きれいな子だったからもしかするとモデルか何かで、日焼けは絶対しないよう注意しているのかもしれない。

週に一度、仕事で青山に行く。今年は四月に日傘をさす人を何人も見かけた。いずれも二十代ぐらいの人だった。例年は五月の連休あたりから日傘の人が目につくので、ちょっと早い気がした。日傘組の中には青年もいた。黒いシンプルな傘で、着ているシャツも黒だった。さすが青山と思った。ほかの街に比べて青山はおしゃれにこだわる人が断然多い。

去年の夏、買ったばかりの日傘をなくした。日傘がないことに気づいたのは翌日の午後だった。出掛けようとして日傘を探したけれど、いくら探しても見当たらない。おかしいなあ。どうしたんだろう。

一生懸命、前日の記憶をたどる。夜、池袋駅の近くでパンを買った時は確かに持っていた。パンの袋と傘を手にして電車に乗った。ドアのそばの席に座り、傘を手すりに引っ掛けた。新宿三丁目で電車を降りた時には、パンの袋しか持っていなかった。パンに気を取られて傘を忘れてしまったらしい。傘はどこまで行ったのだろう。終点の中華街まで？そこから引き返して埼玉方面に行っただろうか。

地下鉄・副都心線は東急東横線や東武東上線、西武池袋線とつながって、横浜の元町・中華街から埼玉の飯能《はんのう》や東松山まで走っている。どこの駅に問い合わせればいいのだろう。そもそも届けられているのかどうかもわからない。あきらめようかと一瞬思ったが、気に入って買った日傘だし、まだ三回しか使ってないからあきらめきれない。

仕事帰りに渋谷駅の窓口に寄って訊いてみた。何時頃の電車にどんな傘を忘れたか係の女性に質問された。

「水色の傘で、軽くて、小さめで、白いレースの縁取りがあって……」

軽いとか小さめとか、こんな曖昧ないい方では伝わるまいなと思った。係の人は遺失物センターに電話で問い合わせてくれた。

「日吉《ひよし》に水色の日傘が届いているようですが」

うへえ、日吉か。ちょっと遠いな。

「お探しの傘かどうかわかりません。白いレースはなくて、ぶつぶつした突起が縁にあるそうですが」

わたしの傘ではなさそうだ。でも同じ日に水色の日傘が何本も忘れられるとも思えない。首をかしげながら東横線の日吉駅まで行った。「これです」と駅員さんが差し出した傘はまさにわたしのものだった。白いレースの縁取りはなくてぶつぶつした突起があった。レースはわたしの記憶違いだったのか。何が「気に入って買った日傘」だ。傘の特徴なんて意外に覚えられないものだな。自分の記憶力の弱さを棚に上げてそんなことを思った。

6

「美味しい」と書いて「おいしい」と読むのは少し無理があるんじゃなかろうか。「びみしい、じゃなくて、おいしい」と、読む時、ちょっともたつく。「美しい」を「うつくしい」と読む時のようにはすんなりいかない。「美味しい」が当て字だからかもしれない。「おいしい」の反対語は「まずい」で、「美しい」の反対語は「醜い」だ。ならば「まずい」は「醜味い」と書くかというとそうではなくて「不味い」である。油断すると「ふみい」と読んでしまいそうだ。

「おいしい」ことを「うまい」ともいう。漢字では「旨い」とか「美味い」と書く。「美味しい」が「おいしい」で、「美味い」が「うまい」。これはもう引っ掛け問題みたいじゃないか。「美味い」はびみい、じゃなくておいしい、じゃなくて「うまい」。正解にたどりつくまでに落とし穴がいくつもある。

最近は「めちゃうま」「激うま」といったりもする。どちらも大変おいしいという意味らしいが、「めちゃうま」と「激うま」ではどちらの方がおいしいのだろう。めちゃうまVS激うま。何だか馬同士の戦いのようだが、漢字の方が威厳があるから、やはり「激うま」が上なのだろうか。漢字にすると「滅茶美味」と「激美味」か。どっちも漢方薬みたいだ。

「激おこぷんぷん丸」という言葉がある。とても怒っている時に使う若者言葉らしい。とてもおいしい時は「激うまぽんぽん丸」といってもいいかもしれない。ぽんぽん、つまりおなかが喜んでいる状態のこと。

あまりに当たり前になっていてふだん意識しないけれど、「美味しい」にも「美味い」にも「美」という文字が含まれている。おいしいものには美しさがあるのだろうか。美しい風景、美しい音楽。美は目や耳で感じるものと思っていたが、食べ物の美しさをわたしたちは舌で感じているのだろうか。おいしいことと美しいことは、意外に近いのかもしれない。「おいしい」に「美味しい」という漢字を当てた人はセンスがいいのかも。

おいしい仕事と呼ばれるものが世の中にはあるらしい。グルメ評論家のことではなくて、ラクして儲かる仕事のことだ。わたしもたまにはおいしい仕事にありついて「あいつ、うまいことやったな」と人に羨まれてみたい。「うまいことやった」時の「うまい」は「旨い」や「美味い」ではなく「上手い」だろう。「うま」にもいろんな種類がある。

「うまい」と聞いて思い出すのは内田百閒の随筆「油揚」の一節だ。百閒が子どもの時分、仲良しの子が近所に住んでいた。ある日、その子の家に誘いに行くと食事中で、おいしそうなにおいとともに「かかん、これん、一番うまいなう」という声が聞こえてきた。旧仮名遣いで書かれた随筆だから、「なう」は「のう」と読まなければいけない。でもつい「カツ丼なう」みたいに「なう」と読んでしまう。

7

デパートの八階で買い物をしたあと下りのエスカレーターに向かって歩いていると、タオル売り場があった。そうだ、手ぬぐいを買おうと思って足を止めた。おしゃれな手ぬぐいを買ってナオさんにプレゼントしよう。一枚じゃ寂しいから二枚。

ところが手ぬぐいはどこにもない。店員さんに訊くと「五階の呉服売り場にございます」。呉服売り場か。一度も足を踏み入れたことのない領域だ。このデパートに呉服売り場があることさえ知らなかった。

ナオさんは時々行く飲み屋の女あるじだ。わたしより一回り以上若い。料理が上手で、物知りで、愛嬌があって気っぷがいいので店はいつも賑わっている。

せまいカウンターの中で火を使うから、近頃ナオさんは手ぬぐいを首に巻いている。その手ぬぐいがどうにも地味すぎるのだ。もうちょっとおしゃれな手ぬぐいを使えばいいのにとわたしは密かに思っていた。タオル売り場を通った時にそのことを思い出し、手ぬぐいを探す気になったのだ。

最近の手ぬぐいはしゃれたものが多い。いただきものの手ぬぐいをわたしも数枚持っているが、一番気に入っているのは原稿用紙の手ぬぐいだ。四百字詰め原稿用紙が四枚並んだ柄。手元に原稿用紙がない時はこの手ぬぐいに書くこともできそうだ。

エスカレーターで五階まで降り、時計や宝石売り場を通過してフロアの片隅にある呉服売り場に着いた。土曜の午後にしては静かで、先客は一人、店員さんも一人だけだった。

手ぬぐいは壁ぎわの棚に並んでいた。金魚や朝顔、団扇《うちわ》など夏らしいものが目立つ。種類は多いけれど小さく畳まれて透明な袋に入っているので、全体の雰囲気がよくわからない。

どれがいいかなと見比べていると「出しましょうか」という声がした。顔を上げると、店員さんがすぐそばにいた。開封してもらうと全体の雰囲気はわかるが、小心者のわたしは開けてもらったものはすべて買うことになりかねない。それは少し困るので、「このままで大丈夫です」といってしまう。

続いて店員さんは「何にお使いですか」と訊く。ええと、行きつけの飲み屋にナオさんという人がいて……と全部話すのは億劫だ。そもそも手ぬぐいの使い道って顔や手をふく以外にあるのだろうか。強盗に入る時覆面にするとか、腕の骨を折った時吊るすとかだろうか。「どんな使い方がありますか」とこちらから訊ねると「食器にかけたりですね」ああそうかと思ったけれど、期待したほど斬新な答えではなかった。

店員さんはわたしのそばを離れない。ナオさんが好きそうな柄は見当たらない。このまま立ち去る勇気はない。緊張して汗が出てきた。今、手ぬぐいが必要なのはナオさんよりわたしの方だ。「これください」。自分が使うことにして、それほど気に入ったわけでもない風鈴の手ぬぐいを店員さんに差し出した。

8

渋谷で用事をすませたあと、井の頭線の改札口に向かうエスカレーターに乗った。夕方のラッシュがそろそろ始まる頃なのか、前にも後ろにも人がぎっしりと立っていた。わたしは無言のままエスカレーターで上へ上へと運ばれていった。

半分ほど来たところでふと顔を上げると、見知った顔が下りのエスカレーターで近づいて来る。作曲家の内藤さんだった。内藤さんに会うのは二カ月ぶりだ。いつも黒い服しか着ない内藤さんは、きょうも黒いTシャツと黒のジャケットだ。

内藤さんはわたしに気づいていない。このまま黙っていようかと思ったけれど、すれ違う直前に手を振ってみた。二拍ぐらいおいてわたしに気づいた内藤さんは「あ、あ、あ、あ――」と歌うように叫び、振り返ってわたしを見た。何事だろうと内藤さんの後ろの人が振り返り、その後ろの人も振り返り、そのまた後ろの人も振り返った。わたしは恥ずかしくなって、何事もなかったように前を向いた。

エスカレーターを降りたところで立ち止まって考えた。下りのエスカレーターで一階に降りて、内藤さんに挨拶した方がいいだろうか。でも内藤さんも同じことを考えて上りのエスカレーターに乗ったら、また途中ですれ違う。それはあまりに間抜けではないか。かといって電話かメールをするほどでもないだろう。十年ぶりならともかく、二カ月前に会ってお喋りしたばかりだし。わたしは内藤さんのことは忘れることにして、そのまま井の頭線の改札口に向かった。

一週間前にも似たようなことがあった。夜遅く地下鉄に乗ると、次の駅で乗ってきた人がわたしの向かいの席に座った。顔を見ると、昔からお世話になっている詩の出版社の人だった。その時はもちろん挨拶をした。これから飲みに行くというその人につき合って、途中で電車を降りて居酒屋に向かった。

東京はそれほどせまい街ではないはずなのに、知り合いに偶然会うことは結構ある。これはどういうわけだろう。映画館や劇場で知り合いに会うのはわかる。趣味の似た者同士がそういう場所で会うのは半ば必然だ。そうではなしに、駅の近くや路上でばったり会うから不思議なのだ。すれ違っても互いに気づかないことや、先方は気づいてもこちらは気づかないこともあるだろう。それらを入れると偶然会う率はさらに高くなる。

以前、知り合いの男性が若い女性と歩いているところに出くわしたことがある。「田中さん（仮名）、こんにちは」声をかけると田中さん（仮名）はぎょっとした顔になり、そそくさと逃げた。変だなあ、何か怒っているのかなあ、いつもの田中さん（仮名）と違うなあと不思議だった。

知り合いを見つけても声をかけてはいけない場合があることに、その頃のわたしは気づかなかった。いつでもどこでも知り合いに会えば挨拶するのが礼儀だと信じて疑わなかった。今はそのあたりのことは心得ているから、知り合いを見かけた時は素早く相手を観察し、声をかけていいかどうか判断できるようになった。

9

今の部屋に住み始めて七年目になる。アイツの姿を見ることはついぞなかったのに、去年の夏、なぜか突然現れた。それも特大サイズ。ある夜、黒っぽいものが視界を横切った気がしてふと壁に目をやると、アイツがのそのそ歩いていた。見つけた途端、恐怖と憎悪が一緒くたになって燃え上がった。このままにしておくわけにはいかない。

あいにく殺虫剤はない。引っ越してきて以来アイツが出たことはないので、買う必要がなかったのだ。今から買いに行っても間に合わない。といってこのまま放ってはおけぬ。わたしは台所に走り、お湯をわかした。そして沸騰したお湯をマグカップに入れた。アイツにぶっかけようという魂胆だ。アイツを退治する時は殺虫剤より熱湯の方が人体に安全だと、以前どこかで読んだのを思い出したのだ。

わたしは殺意を消して何食わぬ顔で椅子に上がり、油断したアイツ目がけてお湯をぶっかけた。ところがアイツは素早く逃げ、お湯は壁をむなしくぬらし、わたしの手にもかかった。あちっ。

こんなことでくじけるものか。わたしは再び台所に行き、カップを熱湯で満たした。部屋に戻ると、アイツは壁のうんと高いところに避難していた。ふん、なかなか頭のいいやつだ。ますます許すわけにはいかない。

殺意に燃えたわたしは、さっきより高い場所に向けて思いきりお湯をぶっかけた。アイツは逃げる。お湯。逃げる。お湯。何度かやるうち、命中した。ううっ、やられた。無念でござる。というように、アイツはぽたっと落下した。そして床に仰向けになって手足をひくひくさせていた。

ふふふ。見なさい。わたしの勝ちだわ。わたしは勝負の結果に満足し、ひくひくしたままのアイツを尻目に眠りについた。

翌日、死体を始末しようとしたが、アイツの姿はどこにもなかった。不思議なこともあるものだ。仲間が巣に連れ帰ったのだろうか。夜のうちに生き返ったのか。本当は熱湯なんかへっちゃらなのにやられたふりをしてわたしをからかったのか。消えた理由はわからなかった。

今年もまたアイツの季節がやって来た。アイツは去年よりバージョンアップして、熱湯もスリッパも平気になっているかもしれない。わたしの留守中、我が物顔で、壁だの床だのを歩き回っているかもしれない。アイツが急いで隠れてくれるよう、外出から帰った時は乱暴にドアを開け、ドスドスと音を立てて歩くことにしている。アイツの姿を見なければ、たとえ部屋にいても気づかずにすむ。

佳き声をもし持つならば愛さるる虫かと言ひてごきぶり叩く

齋藤史さんのこんな短歌があるけれど、スズムシみたいな声で鳴くぐらいでは、アイツへの嫌悪感は拭えまい。てらてら光る茶色を引っ込め、サイズも縮め、ちっともアイツらしくならない限り愛されない宿命なのだ。コオロギやスズムシと待遇が違い過ぎるのは気の毒だと思わないでもないけれど。

10

毎年、七夕が近づくと、近所の商店街に七夕飾りの笹が並ぶ。笹には地域の小学生や、中・高生が書いた色とりどりの短冊がゆれている。小学一年用、二年用というように、笹は学年ごとに分かれている。

短冊に書かれた願い事は、お星様宛てのものだ。人間が読んではいけないと思いつつ、好奇心に負けてつい見てしまう。

ユニークなのはやはり小学生の願い事だ。今年はこういうのがあった。「さんたさんがはやくきますように」「わたしがずーっとずーっといきていられますように」「今年つりに行った場合、魚がつれますように」「あたまがもっとよき、ちがいました、ごめんなさい」「なやみがなくなりますように」。

大人から見るとどれも微笑ましいが、書いた子どもにとっては切実な問題かもしれない。小さいなりにみんな真剣に生きていると思うと胸が熱くなる。「家族が健康に暮らせますように」と書かれた短冊もいくつもあった。

「将来〇〇になれますように」という短冊は定番だ。サッカー選手、野球選手、声優、パティシエ、パイロット、お花屋さん、医者、看護師さん、漫画家あたりが毎年人気である。今年は「だいくになりたい」という短冊があって頼もしいと思った。

「〇〇がうまくなりますように」という短冊も目につく。〇〇に入るのはピアノやバイオリンや水泳が多いが、「ほるんがうまくなりたい」という短冊が今年はあった。「ほるん」が平仮名なのが可愛らしい。ピアノを「ピアの」、バイオリンを「ばよりん」と書いた短冊もあり、さすが小学生だと思った。

中学生になると少し生意気になる。「世界平和」と書く子もいれば、「世界征服」と書く子もいる。二人が対決したらどうなるのだろう。「成績が上がりますように」「バスケの試合に勝てますように」など前向きな願い事にまじって、「百万円もらえますように」なんてのもある。お星様に頼めば百万円が手に入るなら、わたしだってお願いしたい。「テストで平均点を取る」という短冊もあった。「満点」や「高得点」でなく「平均点」というのが切実だ。

去年までは短冊には子どものフルネームが書かれていたが、今年は様子が違っていた。無記名のものか、名字か名前どちらか一方のものが大半だ。中学生以上になるとイニシャルが多い。個人情報の保護のため、フルネームを書かないよう学校は指導したのかもしれない。

名前がなくても、どれが誰のお願いかお星様にわかるだろうか。そもそもお星様はわたしたちの願いをかなえてくれるつもりがあるのか。全員はさすがに無理で、先着あるいは抽選で十名だったりしないだろうか。またはラジオ番組で面白いハガキやメールが読まれるみたいに、ユニークな願い事が優先されるのかもしれない。わたしも書いてみようかな。一番お願いしたいのは「部屋にゴキブリが出ませんように」。

11

何日も続いた雨がようやく上がったと思ったら、いきなり猛暑になった。予想していたことだけれど、急激な変化にからだがついていけない。部屋にいる間はまだしも、ひとたび外に出ると熱気で呼吸が苦しくなる。強い日差しはちりちりと肌を焦がす。

日焼け止めクリームは役に立っているのだろうか。三センチぐらいの厚さにこってり塗れば少しは効果があるかもしれないが、うっすら塗る程度では気休めにしかならないのではないか。とはいえ塗らずに外を歩く度胸はないから、出掛ける前は忘れずに塗る。

子どもの頃は日焼けなんか気にしなかった。日焼け止めどころか帽子もかぶらず歩き回り、海で泳いだりもした。真っ黒になるのが誇らしかった。顔や背中の皮がむけ、それをはがすのが面白かった。今にして思えば、何と大胆だったことだろう。

このトシになるとさすがにそういうことはできない。海で泳ごうなんて気になれないし、日焼けも御免蒙《こうむ》りたい。予想最高気温三十五度のきょうは、幸い、出掛ける用事はない。

一日中部屋にこもっているつもりだったが、新幹線の切符を買っていないことをふと思い出した。八月半ばのお盆休みに実家に帰るつもりでいるが、切符のことを忘れていた。帰省客で混み合う時期だから、ぼんやりしていると指定席はたちまち売り切れる。すると自由席に立ったまま、福岡に向かうはめになる。それは避けたいので、きょうのうちにバスで中野駅のみどりの窓口に行くことにした。夕方になって少し気温が下がったら出掛けるつもりだったが、待てよと思い直した。

学校の夏休みが目前の今、みどりの窓口には長い列ができているに違いない。夕方になれば勤め帰りの人たちが立ち寄って、行列はさらに長くなる。列に並ぶのが苦手なわたしは、行列のできるラーメン屋にもディズニーランドにも行ったことがない。並ぶぐらいなら、多少まずくても並ばずに入れるラーメン屋の方がいい。みどりの窓口にも、できるだけ人の少ない時間に行きたい。

となると、夕方まで待ってちゃだめだ。人が出歩きたがらない時間帯をねらって行かないと。そう思い、午後二時過ぎに玄関のドアを開けた。むっとする熱気にくじけそうになったが、ここで負けたら行列に並ぶことになる。自分を奮い立たせてバス停めざして歩き始めた。

果物屋さんの前を通る時、台の上のスイカにかぶりつきたくなった。セブンイレブンの前を通る時、最低気温が七度で最高気温が十一度の世界を想像した。喫茶店の前を通る時、入ってアイスコーヒーでも飲もうかしらんと思った。いくつもの誘惑を振り切って、黙々とバス停に向かう。バスの中は別世界のように涼しいに違いない。それだけが唯一の希望だった。バス停までの道のりがやけに長く感じられた。

12

三田完さんから『あしたのこころだ　小沢昭一的風景を巡る』(文藝春秋)という著書を送っていただいた。作家の三田完さんとは、三、四ヵ月に一度の割合で開かれる句会でご一緒させていただいている。三田さんとわたしは同じ学年だが、粋で博識で大人びた三田さんには畏れ多くて近寄りがたい。話す時はもちろん敬語になる。

副題からわかるように、『あしたのこころだ』は亡くなった俳優・小沢昭一さんについて書かれた本だ。三田さんは小沢さんのラジオ番組に台本作家として関わっておられた。間近に見た小沢昭一について、三田さんは存分に語る。たくさんのエピソードをまじえながら、複雑な内面を抱えた小沢昭一の人物像や、周囲の人たちの姿をいきいきと描く。なるほどと感心したり、にやにやしたりしながらとても面白く読み終えた。

本を頂戴したら、感想をしたためた手紙を出すのが礼儀である。三田さんにお礼状を書こうとするものの、どうしても書くことができない。きょうこそはと思うのに、一行も書けないまま日が暮れる。あしたこそと思って眠りにつくが、あしたになっても書けないまだ。そんなことの繰り返し。わたしが怠惰なせいもあるが、それだけではない。

わたしが『スバらしきバス』というエッセイ集を出した時、三田さんにお送りした。礼儀正しい三田さんは感想を書いた手紙をくださった。それがもう素晴らしくて、白檀《びゃくだん》のようないいにおいがする便箋に、美しい文字で格調高い文章が綴られていたのだ。ひゃあと驚きの声が出た。額に入れて飾るか、誰かに高く売りつけるかしたくなるような手紙だった。

そういう手紙をくれた人に、百円ショップの便箋で出すわけにはいかない。筆記用具はやはり万年筆だろう。まずは高級な便箋を銀座辺りに買いに行き、帰宅したら万年筆を探さなければ。わたしの字は汚ないので三年ばかりペン習字を習う必要がある。まともな手紙が書けるよう、五年ほど文章修業も必要だ。となると、手紙を書くのは早くて五年後。三田さんは待っていてくれるだろうか。

本をいただいたのは三月の句会のすぐあとだった。桜が散り、バラが散り、アジサイがしおれ、ヒマワリの季節が来たのに手紙は一行も書けないままだ。

あさって、四カ月ぶりに句会がある。三田さんも来られるだろう。まさに合わせる顔がない。きょうのうちに書き上げて速達で送れば、あした中につくだろうか。締切り直前にあわてて出す入試の願書みたいだが。

もとはというと三田さんがよくない。立派な手紙をくれるから、こちらが書きにくくなるのである。チラシの裏に読めない字でへたくそな文章が書かれていたら、わたしも気軽に書けたのに。相手の気持ちを軽くするため、わたしは今後ますます汚ない字でひどい手紙を書くことにしよう。

13

マヤコフスキーは十九世紀末、一八九三年のロシアに生まれ、三十六歳で亡くなった詩人だ。ピストル自殺したとされるが、他殺説もある。翻訳家の小笠原豊樹さん（＝詩人の岩田宏さん）は六十年以上にわたってマヤコフスキーに親しみ、訳詩集や評論などを出してこられた。『マヤコフスキー事件』（河出書房新社　二〇一三）で読売文学賞を受賞されたが、小笠原さんはこの本で他殺説をとっておられる。

小笠原さんの新訳による「マヤコフスキー叢書」全十五巻の刊行が二〇一四年五月から始まった。版元は土曜社で、第一巻の長篇詩『ズボンをはいた雲』に続いて第二巻の戯曲『悲劇ヴラジーミル・マヤコフスキー』が七月下旬に出版された。

二巻の序文の執筆を引き受けたあと、わたしは一九五八年に飯塚書店から出た『マヤコフスキー選集』を図書館で借りて読んでみた。途中でおやっと思った。

もしも心がすべてなら、
なんになる、
一体なんになる、
いとしいお金《あし》、わしがお前を貯めたのは。

という詩行があったからだ。

これによく似た言葉を、昔、寺山修司の長篇小説『あゝ、荒野』（現代評論社　一九六六）のあとがきで見た覚えがある。「シナトラの唄ではないが、／もしも心がすべてなら／いとしいお金は何になる／という現実主義の名誉にかけて」とそこにはあった。

「シナトラの唄」というのは寺山の勘違いだろうか。それともマヤコフスキーの詩に誰かが曲をつけ、それをシナトラが歌っていたのか。「もしも心がすべてなら」をネットで検索するとフランク・シナトラの言葉と書かれたサイトがたくさんあったが、どれも出典が記されていないから疑わしい。

どうにも気になって仕方がないので、ある日、ツイッターに書き込んでみた。連携しているフェイスブックにも同じものが流れ、それを読んだある人がコメントをくれた。寺山の『さかさま世界史　英雄伝』（角川文庫）には、この言葉はマヤコフスキーのものとして紹介されているというのだ。

早速その本を手に入れて確認すると、まさしく。「シナトラ」云々は寺山の勘違いだったんだな。それにしてもアメリカの歌手とロシアの詩人を間違えるなんて、何だか不思議な間違え方だ。正解がわかってすっきりするはずなのに、もやもやしたものが残った。

『さかさま世界史　英雄伝』の初版は一九七四年に出ている。わたしが入手したのは寺山の死後の二〇〇五年に出た改版だ。寺山はこの本でも最初「シナトラ」としていたが、のちに本人または編集者が気づいて訂正したとも考えられる。

初版は手に入らないので、この本のベースになった「さかさま英雄伝」（『寺山修司著作集4』クインテッセンス出版　二〇〇九）を図書館で探して読んでみた。そこにはこうあった。

「だが、オルグレンは書いている。『もしも心がすべてなら　いとしいお金は何になる？』と」

何と、この言葉はシナトラでもマヤコフスキーでもなく、アメリカの作家オルグレンの言葉とされていたのだ。一体どうなっているのだろう。

14

「もしも心がすべてなら　いとしいお金は何になる?」。寺山はこの言葉がお気に入りだったらしく、小説『あゝ、荒野』のあとがきをはじめ、『さかさま世界史　英雄伝』『書を捨てよ、町へ出よう』などいくつもの著書で引用している。ところが、ある時はフランク・シナトラの唄、ある時はマヤコフスキーの詩、またある時はオルグレンの言葉としているからわけがわからない。

『寺山修司著作集4』収録のエッセイ「消しゴム」にはこう書いている。

私は、オルグレンの小説から、アメリカの俗謡をいろいろ知った。たとえば、よく引用する、

もしも心がすべてなら

いとしいお金は何になる

という逆説的なジョークも、オルグレンの小説からの孫引きである。

「逆説的なジョーク」だと？　どう考えてもこの言葉はマヤコフスキーの詩の一節だろう。それをジョーク呼ばわりされてはちょっとばかり面白くない。でもこうまではっきりオルグレンを持ち出してこられると、正解はやはりオルグレンかしらんと弱気になる。

ネルソン・オルグレンは一九〇九年アメリカ・ミシガン州に生まれ、シカゴのスラム街を舞台とする小説を書いた。三五年生まれの寺山とは二十六歳の年の差がある。若き日の寺山はオルグレンの小説を愛読し、手紙を出した。二人の間に文通が始まり、その後来日したオルグレンを寺山は競馬場やボクシングの試合に案内している。

『あゝ、荒野』など、寺山のいくつかの作品はオルグレンの影響を受けているといわれている。そういうことを知ると、ますますオルグレン説に傾いていく。オルグレンの何という小説からの孫引きか、寺山クンが書いといてくれたらよかったのに。

オルグレンとシナトラの接点はないか調べてみた。オルグレンの『黄金の腕』は映画化され、主演はフランク・シナトラということがわかった。ひょっとするとシナトラはこの映画で「もしも心がすべてなら」という「俗謡」を歌っているのだろうか。とすればこの言葉はオルグレンの小説の言葉であり、シナトラの唄でもあるという話に落ち着く。

いや待て。それだと寺山の著書で最初「オルグレン」だった箇所が、のちに「マヤコフスキー」に変えられた説明がつかない。『黄金の腕』を読んで確かめようにもとうに絶版で、図書館を四つ当たってみたが四つとも置いてなかった。映画を観ると疑問は解決するのだろうか。

ちなみにオルグレンは、サルトルのパートナーだったフランスの哲学者ボーヴォワールと一時期恋愛関係にあった。この際、「もしも心がすべてなら」はボーヴォワールの言葉でもいいような気がしてきた。いっそのこと夏目漱石や太宰治でもかまわない。福沢諭吉や野口英世や樋口一葉でも平気。寺山修司に振り回されることにだんだん疲れてきた。

15

毎年、八月の第一土曜と日曜に、町内の夏祭りが開かれる。午後一時から十時までバス通りは歩行者天国になり、長さ四百メートルほどの商店街におよそ七十の模擬店が並ぶ。焼きそば、焼き鳥、お好み焼き、チヂミ、かき氷、わらび餅、ビール……。食べ物を焼く煙があちこちから上がり、いろんなにおいがまじり合う。もちろん金魚すくいやおもちゃを売る店もある。

ベビーカーの赤ちゃんからお年寄りまで大勢の人が路上を埋め尽くし、模擬店に並んだり、道端に座り込んで飲食したりしている。迷子のお知らせ、落とし物のお知らせが頻繁に聞こえてくる。子どものはしゃぐ声や模擬店の人の売り声が、猛暑をさらに暑くする。

夕方からはさらに賑わう。サンバや沖縄のエイサー、和太鼓や阿波踊りの集団が交代で踊ったり、楽器を鳴らしたりする。楽しいといえば、楽しい。うるさいといえば、この上なくうるさい。何しろわたしの部屋の窓は商店街に面しているのだ。

踊りや演奏が始まると、電話が鳴っても聞こえない。知り合いが来ていても話ができない。窓を閉めても音は容赦なく聞こえる。部屋にいても落ち着かないから、外に逃げ出すことになる。

初日の夜は友人と待ち合わせて新宿のライブハウスに行った。いつもは四分の地下鉄の駅まで、人込みをかき分けながら十分以上かけてようやく辿り着く。電車は混んでいたけれど、祭りの人込みにもまれたあとではガラガラに思える。

ライブハウスの出演者は二十人ほどで、観客は百人ほどだった。立ち見の人も多く、人口密度は高い。おまけにエイサーや阿波踊りに負けず劣らずの大音量だが、こういうところで聞く音は苦にならない。というか大きな音が聞きたくてライブハウスに来たのだから、我ながらワケがわからない。

ライブが終わり、日付が変わる頃帰宅すると、人の波はあっさり消えている。浴衣の人も、リゾートファッションの人もいない。ほっとするような、寂しいような。しかし翌日の午後になると、またぞろぞろと集まってきた。

さすがに二日続けてライブに行くわけにはいかない。模擬店で買った焼きそばを食べたあと、図書館とファミレスをはしごして仕事する。夜遅く帰ると祭りはすっかり終わり、いつもの静かな町内に戻っている。商店街の人たちが手際よく片付けたらしく、ゴミもまったく落ちていない。

祭りの様子が気になりネットで検索すると、派手なケンカがあってパトカーが出動したことがわかった。そ、それは見たかった。今夜部屋にいたら駆けつけられたのに。今年より派手なケンカが起きることを期待して、来年の夏祭りはずっと部屋にいることにしよう。

16

わたしの部屋から一番近いのは、地下鉄・丸ノ内線の新中野という駅だ。丸ノ内線は池袋と荻窪を結ぶ路線だ。始発から終点までの所要時間はおよそ五十分。池袋と荻窪の間には後楽園もあれば銀座もあり、国会議事堂や新宿もある。

新中野は、新宿から荻窪方面に向かって三つ目の駅だ。新宿からは六分。乗ってしまえばあっという間に着いてしまう。

この路線とは別に、丸ノ内線には支線がある。新宿から二つ目の中野坂上から方南町《ほうなんちょう》までの四駅間を往復する短い路線だ。中野坂上と方南町の間にある駅は、中野新橋と中野富士見町。「中野」がつく駅ばかりでややこしい。

夜遅い時間に丸ノ内線の新宿駅で電車を待っていると、結構な頻度で中野富士見町行きがやって来る。混み合う荻窪行きとは違い、中野富士見町行きは空いている。満員電車が苦手なわたしは、こっちの電車に乗ることも多い。終点の中野富士見町で降りると、わたしの部屋まで徒歩で十分ほどだ。ちょっと歩くけれど、満員電車に乗るよりはいい。

中野富士見町行きの夜遅い電車には、酔って座席で眠りこけている人が少なくない。若い人もいれば年配の人も。ほとんどが男性だ。終点に着いてもその人たちは眠ったままだ。運転士さんは「終点でーす！　車庫に入りまーす！」と大声でいいながら、六両編成の車両のはしからはしまで駆け抜ける。その声で目を覚まし、よたよたと立ち上がる人もいる。

が、頑として眠り続ける人も結構多い。運転士さんはその人たちに「終点です！　降りてください！　車庫に入りますよ！　もしもし！　お客さん！」と繰り返し呼びかける。するとようやく目を覚まし、ぼんやりした顔で電車を降りて行く。運転士さんは大変だなと同情したくなる。

先日の夜、運転士さんがいくら呼びかけても目を覚まさない人がいた。ホームにいた駅員さんが助っ人に入り、二人掛かりで左右からその人を抱え上げた。大柄な中年の男性だった。その人は一瞬立ち上がったものの、すぐまたどたりと座り込んだ。はずみで運転士さんたちも座席に倒れ込み、「およよよ」という声が駅員さんの口から漏れた。

どれだけお酒を飲めば、これほど眠れるのだろう。悪い人に財布を持って行かれたり、大事なものを落としたりしないのだろうか。気になってしばらくホームで見守った。ようやく立ち上がって電車を降りた時には、思わず拍手を送りたくなった。もちろん駅員さんたちに。

それにしても、ここまで深く人を眠らせるとは、お酒は危険な飲み物だ。コーラを飲んで車内で熟睡する人はいない。わらび餅を食べて眠りこける人もいない。と書いたけれど、実はわらび餅はお酒以上に危険で、たくさん食べると酔ったり眠ったりするなんてこともひょっとするとあるかもしれない。

17

上高地には以前からあこがれていた。写真で見る風景の美しさに加えて、高村光太郎がこの地を訪ねたからだ。

大正二年の夏、三十歳の光太郎は上高地に滞在し、秋の展覧会に出品する油絵を描いていた。九月になると智恵子が東京からやって来た。車で簡単に行ける今と違い、その頃上高地に行こうと思えば山道を何時間も歩くしかなかった。智恵子が上高地を訪ねたのは、風景に惹かれた以上に光太郎に会いたかったからだろうな。

高村光雲の子息と若き女性画家との恋愛は、「山上の恋」という見出しで東京の新聞に書き立てられた。光太郎の両親にも知られてしまうが、翌年二人は結婚することになったから結果としてはよかったのかもしれない。

光太郎ファンとしては、上高地に行かないわけにはいかない。バス好きでもあるわたしとしては、ここは当然バスである。上高地に行くバスツアーを探すと、現地に三時間滞在する日帰りツアーがあった。取りあえず初回は日帰りだ。

平日のツアーだった。参加者は三十人。夫婦、母と娘、女性のグループのほか、わたしのように一人で参加している男女も何人かいた。カジュアルな服装の人がほとんどだが、一人参加の男の人たちは靴といい、リュックといい、山に登る気満々だ。三時間で行ってこられる山があるのだろうか。

バスの中は通路をはさんで二人掛けの席が並んでいた。一人参加の人同士並んで座らせられるかもしれず、となると隣の人はわたしにお菓子をくれるかもしれない。そう思い、お返しの飴を用意していたが、座席に余裕があったので一人参加の人は二人掛けの席を独占できた。

上高地までは四時間かかった。緊張して前の晩一睡もできなかったので車内ではひたすら寝た。大正池の前でバスを降りる。澄んだ水。おいしい空気。思わず深呼吸。しかし暑い。上高地は涼しいと聞いたけれどそれは朝晩だけで、昼間は一人前に暑いのか。池の水に手をひたすと冷たくて気持ちがいい。池には鴨が数羽浮かんでいた。

わたしはポケットから高村光太郎のテレカを出した。晩年の光太郎の写真がプリントされている。未使用の五百円のものをヤフオクで六百円で買ったのだ。「どうですか、光太郎さん。懐かしいですか」わたしは光太郎に大正池を見せた。そのあとで、あっと思った。

焼岳《やけだけ》の大噴火で梓川がせき止められて大正池ができたのは大正四年。光太郎が上高地に来たのは大正二年。池はまだなかったのだから懐かしいもへったくれもあるはずはない。

山を眺めたり、空を見上げたり、まわりの木々を見たりしながら梓川に沿って歩く。ウグイスの声がどこからか聞こえる。いいところだな。でも賑やかだ。大阪弁の団体、中国語の団体、さらには中学生の団体までやって来た。「こんにちはー」「こんにちはー」礼儀正しく挨拶してくれる百人以上の中学生にいちいち返事しながら、光太郎が来た頃は上高地はもっと静かだったろうなと思った。

18

お盆休みに実家に帰った。早朝の新幹線で博多まで行き、快速に乗り換えて三十分。駅の改札を出たのは午後一時過ぎ。炎天の下、道路も建物もぎらぎら光っている。暑すぎるぐらい暑い。

一時間に二、三本しかないバスを、日陰のないバス停で待つ気力はない。タクシー乗り場に行き、キャリーバッグを車のトランクに入れてもらおうとしていると、二人連れの若い女性が近づいてきた。

「どこまで行かれるんですか」

茶色く長い髪の女性が、親しそうに話しかけてきた。あれ、この人誰だっけ。どこかで会った人だっけ。誰かと間違えているのかもしれないと思い、「わたしですか?」と確認すると「はい」と微笑む。

二人とも下着みたいなワンピースの上に、ぞろっとした薄手のカーディガンを羽織っている。足元はぺたんこのサンダル。完全なリゾートファッションだ。「〇〇町ですけど」。実家のある町名をいうと、「ああ……」と、がっかりしたような声がもれた。二人連れは笑顔を引っ込め、無言でわたしから離れて行った。い、いったいどういうこと？　わたし何か悪いことといった？

運転手さんはすでにトランクを閉め、車に戻っている。腑に落ちないままわたしも乗り込んだ。「〇〇町までお願いします」。運転手さんもがっかりした声を出すかと思ったが、「はい」と答えてくれた。

「いま知らない人にどこまで行くのか訊かれたんですけど、どういう意味なんでしょうね」車が走り出したところで運転手さんに訊いてみた。「海に行きたかったとでしょう」「え、海？」駅から車で十数分のところに海水浴場がある。「海に行きたかけど、バスを待つのは面倒やけん、タクシーにタダで乗せてもらえんか思ったとでしょう」。

なるほど、そういうことだったのか。いわばタクシーのヒッチハイク。わたしが海の近くに行くことを期待したのに、全然違う方向だったのでがっかりしたんだな。お役に立てず、すまんかった。

いや、ちょっと待て。若いんだからバスで行けばいいじゃないか。見ず知らずの人に甘えない方がいい。相手が悪い人間の場合だってあるんだし。

そんなふうに思うけど、わたしは心がせまいのだろうか。「あら、海に行きたいの？全然方向が違うけど、送っていくから乗ってちょうだい。あ、これお小遣い。かき氷でも食べてね」なーんていえばよかったのか。

もしも二人の行き先がわたしと同じ方向だったら、タクシーに乗せてあげただろうか。小さい子どもか年配の人ならそうしたかもしれないが、若い人はなあ。若いうちはあまり楽な方法を覚えない方がいいんじゃないかなあ。千々に乱れる心のまま、エアコンの効きが悪いタクシーにゆられていた。

19

エフーディーの会に参加している。もしかするとエフーディの会かもしれない。「FD」や「絵筆」の会でないのは確かだが。

エフーディー（かエフーディ）の会は、歌人の川野里子さんと読売新聞の金巻有美さんの発案で始まった。メンバーは歌人や俳人、詩人や作家など。何をする会かというと、月に一度集まって句会と歌会を交互に開くのだ。毎回集まるのは大体七、八人で、時々来る人もいればただ今育児休暇中の人もいる。年齢層は二十代から五十代までで女性がほとんどだ。

不思議な会の名前は作家の三浦しをんさんの提案だ。ティッシュを箱から引っ張り出すと次のティッシュが上がってくるが、あれは箱の中に棲んでいる妖精が手伝っているのだそうだ。その妖精の名前がエフーディー（かエフーディ）というらしい。へえ、あの中に妖精がいるんだ。知らなかったね。妖精の存在を信じたのかどうかわからないが、皆この妖精が気に入ったらしく、会の名前にあっさり採用された。人目に触れないところで黙々と働く妖精に、一同感じるところがあったのかもしれない。

思えば、最初からノリのいいメンバーだった。面倒なことをいう人がいなくて歌会も句会も気持ちよく進むし、物事もすぐ決まる。四国旅行もすんなり決定した。

千葉にある廃墟の話を川野さんがした。バブルの頃建てられたホテルが廃墟になっていて、そこに吟行した話だ。それを受けて俳人の神野紗希《こうのさき》さんが愛媛にある遺跡の話をした。別子《べっし》銅山の跡地が「東洋のマチュピチュ」と呼ばれる遺跡になっているという。行ってみたいね。吟行しようか。五月の連休は混むからその前に。トントン拍子で話が決まり、川野さん、三浦さん、神野さんに加えて歌人の東《ひがし》直子さん、石川美南《みな》さん、わたしの六人で行くことになった。

お天気に恵まれた一泊二日の旅だった。松山の散策は楽しく、別子銅山跡地の遺跡はいろいろと考えさせられた。最高に愉快で有意義な旅だった。幸せな思い出にひたっていたかったが、無情にもこれは吟行なので短歌を五〜十首、俳句も同じ数だけ作って出さねばならなかった。

ティッシュの箱に棲む妖精は手伝ってくれない。自力で何とか作り上げたあと、石川さんの提案が待っていた。四国旅行の詩とエッセイも書いて冊子を作り、秋の「文学フリマ」で売りましょうというのだ。「文学フリマ」は文芸同人誌の即売会だ。面白そう、やりましょうと皆が賛成した。どこまでもノリのいいメンバーだ。わたしも賛成したが、内心青ざめていた。本業の詩も載せるとなると、短歌や俳句以上に本気を出さないとまずい。歌人や俳人よりヘタだと格好悪いではないか。

原稿の締切りは八月末日。つまりあと一週間。子どもの頃以上に夏休みの宿題に悩み苦しみ悶えることになりそうだ。

20

稲葉真弓さんが亡くなったことを、仕事でお世話になっている新聞記者が電話で知らせてくれた。亡くなった翌日の、八月三十一日の夜だった。受話器を握ったまま泣いてしまった。体調がよくないことは知っていたけれど、回復されると信じていた。

追悼原稿をお願いできないでしょうかと記者の方は遠慮がちにいった。締切りは二日後だという。あふれていた涙が一瞬引っ込んだ。とてもそんな気にはなれなかった。静かに悲しみにひたっていたかった。が、わたしにも物書きとしての意地がある。こちらのつらさを承知の上で、記者の方は依頼している。頼む方だってつらいだろう。稲葉さんならこういう時きっと書く。そう思い、引き受けることにした。

机に向かったものの、どうにもやりきれない。泣いては書き、書いては泣きの繰り返しだった。稲葉さんがかたわらにいて、がんばれがんばれと応援してくれている気がした。

作家としての評価が高い稲葉さんだが、若い頃から詩も書いておられた。春、十二年ぶりに新しい詩集も出された。その詩集『連作・志摩　ひかりへの旅』（港の人）の朗読会が六月の中旬に東京・駒込で開かれたので伺った。稲葉さんは以前よりやせておられたが、弾力のある声で一時間読み続けた。

その日が稲葉さんにお目にかかる最後になってしまった。朗読会のあと近所の居酒屋で稲葉さんを囲んで十人ほどで賑やかにお喋りし、山手線の車内で握手してお別れした。またいつか会えるつもりでいた。次に会う時は元気になっておられると信じていた。

朗読会のことを中心に、何とか二日で原稿を書き上げた。書きながら四年前の夏がしきりに思い出された。

その年、稲葉さんに誘われて中国に行った。日本と中国の詩人、作家の交流を目的とする旅だった。稲葉さんとわたしのほかには、作家の佐藤洋二郎さんや文芸評論家の伊藤氏貴さんたちが参加した。日本以上の猛暑の中を北京、上海、西安と移動した。稲葉さんはよく笑い、よく語らい、よくお酒を飲んだ。自由時間には鳥籠を探して何軒もお店をまわり、妹さんへのお土産を探してさらに多くのお店をまわられた。

食品市場では売られているものを熱心に観察し、プラカードをぶら下げたガチョウを連れて繁華街を歩いている人を見つけると通訳の人を介して話を聞いていた。これらすべてが稲葉さんの作品にいかされるのだろうなと思った。

病気の気配など微塵もなかった。夜遅くまでお酒を飲んでも、翌朝は早起きして散歩していた。旅行中に撮った稲葉さんの写真がどこかにあるはずだが、今はまだ探す気になれない。

朗らかで、気さくで、真摯な人だった。お洒落で、センスがよくて、素敵なスカーフやアクセサリーをいつも身につけていた。少し低めの魅力的な声だった。書くことにいつも意欲を燃やしていた。稲葉さんのことを過去形で書いていることが悲しくてたまらない。

秋は曲げ物

1

いきなり涼しくなった。台風の影響だろうか。エアコンも扇風機も団扇も保冷剤も欲しくなくなった。避暑に行きたいなんて気持ちも吹き飛んだ。温かいものが恋しくなった。温かいものといえばやはりうどんだ。色白でふっくらしたうどんの麵は、見るからに温かそうだ。性格も穏やかで優しそうである。

わたしは蕎麦やラーメンよりうどんの方が好きだが、東京のうどんは間違っていると思う。何ゆえつゆが黒くてしょっぱいのだろう。とても飲めたものではない。飲み干すつもりはないけれど、多少はつゆも楽しみたいではないか。東京のうどんのつゆときたら、俺を飲むなんてとんでもねえ野郎だ、とでもいいたげなしょっぱさだ。つゆのくせにいばっている。西日本で育った人間には、東京のうどんは許し難い。

そこへいくと福岡のうどんはいい。つゆが薄くてまろやかだ。昆布やイリコの風味が効いている。三杯ぐらいおかわりしたい感じだ。福岡はラーメンが有名だが、うどんだって負けてはいない。

「初めて福岡に行くんですけど、おすすめのお店ありますか」

しばらく前に知り合いに訊かれた。わたしはためらうことなく、あるうどん屋さんの名前を挙げた。店の構えが古くて趣きがある。それでいて店員さんたちは気さくだし、肝心のうどんは安くておいしい。店の関係者みたいにわたしは熱弁をふるった。

次にその人に会った時、「福岡どうでした?」と訊いてみた。「平田さんがいってたお店の名前は忘れたんですけど、宿の近くを散歩してたらいい感じのうどん屋さんがあって。そこに入ったらすごくおいしくて。あそこ、また行きたいな」「へえ。何てお店?」「Mうどん」。

それ、わたしがいうたお店やないかーい。知り合いがたまたま通りかかって入ったのは、わたしのおすすめの店だったのだ。何て嗅覚のいい人だろう。

さて、おいしいうどん屋が少ない東京だけど、うちの近所にいい店がある。きれいな店とはいいがたい。古くて、雑然としてて、壁にはポスターがぺたぺた貼られている。女の人はあまり来ない。主に中年男性が、ビールを飲み、テレビを眺め、〆にうどんを頼んだりしている。つゆが関西風なのだ。それがありがたくて、時々この店ののれんをくぐる。

この店には忌野清志郎さんがよく来ていたらしい。多い時は週三回姿を見せたという。

もちろん自転車で。壁には今も清志郎さんのポスターが貼られたままだ。夏の間は忘れていたが、いきなり涼しくなったきょう、久しぶりにこの店に行った。頼んだのは肉・ちくわ天うどん。細切れの豚肉と、揚げたちくわが山盛りのうどんだ。清志郎さんの気配を感じながらうどんを食べられるお店は、そう多くはないだろう。

2

下北沢に住みたくてたまらない。下北沢には劇場があり、ライブハウスがあり、喫茶店があり、本屋も古本屋もある。わたしの好きなものがすべてそろっている。これ以上の場所はないといってもいいぐらいだ。

明日にでも下北沢に引っ越したい。朝起きてドアを開けるとそこに下北沢の街がひろがっているなんて、考えただけでわくわくする。毎日散歩して、疲れたら喫茶店に入り、帰りにおいしいパン屋さんに寄ろう。面白そうな芝居をやってたらお夕飯のあと劇場に行こう。そのあとは深夜のバーだ。

何つまんないこといってんの。もう一人の自分が水をさす。トシを考えなさいよ、トシを。二十代や三十代じゃあるまいし、今さら下北沢に住んでどうすんの。歩きながらタバコを吸う人や、夜遅くまで飲んで騒いでゲロを吐く人だらけだし、駅前は若い子が団子になってて歩けないし、ストレスで胃炎になるよ。

そやそや。家賃かて高いんやで。古くてせまくてゴキちゃんのぎょうさんおる部屋が結構な家賃取るんやで。人気がある街やさかい、大家も不動産屋も強気なんや。さらにもう一人の自分が大阪弁で茶々を入れる。

いわれなくても下北沢の家賃が割高なことは知っている。同じ家賃なら、たとえば練馬辺りの方が広くて新しい部屋が借りられる。下北沢は土地がせまいからどうしても割高になるのだろう。でも、街のせまさが下北沢の魅力でもある。車どころか、自転車がなくても十分歩いてまわれる感じ。路地のような道がほとんどだから寛げる感じ。

四半世紀前、関西から東京に出て来た時、最初に訪ねたのが下北沢の不動産屋だった。雑誌で覚えた下北沢と吉祥寺ぐらいしか、東京の街は知らなかった。何のあてもなく上京した無職の人間に、下北沢の不動産屋さんは冷たかった。とても住む気になれないおんぼろアパートを一つ紹介し、そこを断るとあとはもう知らん顔だった。

あの時はみじめだったなあ。そのあと吉祥寺の不動産屋に行っても状況は同じだった。自由業という名の無職の人間に、世間は冷たいことを痛感した。

苦い記憶はあるものの、下北沢は今でも好きだ。東京で暮らし始めてからは、いろんな人と下北沢で食事をしたり、芝居やライブを観たりしてきた。今はもう会えなくなってしまった人ともこの街でよく遊んだ。思い出の店のいくつかは、知らないうちになくなった。

人もお店も消えやすい。

下北沢の駅も大きく変わった。改札とホームが近い地上の駅だったのに、小田急の駅は地下深く潜ってしまった。踏切は撤去され、再開発は進みつつある。数年後には下北沢の良さは失われてしまうだろう。住むなら今のうちという思いと、変わっていく下北沢を見るのはつらいという思いが交差する。練馬辺りの方が同じ家賃でいい部屋が借りられまっせという現実的な声が、二つの思いを追い払う。

3

子どもの頃、親に連れられ、数年ごとに引っ越しを繰り返した。そのせいか、大人になってからも同じ部屋に数年住むと引っ越したくなってうずうずする。次はどこに住もうかと、ネットで賃貸物件を検索するのが趣味のようになっている。

ある時、世にも不思議な部屋をネットで見つけた。六十六㎡のワンルームなのだが、部屋の中央がやや高くなっており、そこに立派なバスタブが埋め込まれているのだ。普通、バスタブは浴室にある。が、その部屋は違っていた。バスタブを隠すドアもカーテンもなく、部屋全体が浴室のような感じだった。

何とも変わった部屋だこと。本当にこんな部屋があるのだろうか。この目で確かめてみたくなったわたしは、不動産屋に連絡し、見せてもらうことにした。

約束した日、電車とバスを乗り継いで現地に向かう。マンションのエントランスで待っていると、不動産屋のお兄さんが現れた。

目的の物件は一階にある。ドアを開けて部屋に入ると、ネットの写真と同様に、部屋のまん中にたしかにバスタブがあった。少し離れた場所にシャワーブースがあり、その横に小さな洗面所がある。洗面所の横には小さな電磁調理器が一つ。玄関のそばにはトイレ。部屋の奥には収納スペース。キッチンはどこにもない。

広さが六十六㎡もあるのにキッチンがないなんて。電磁調理器でお湯はわかせるけれど、洗面所で大根やキャベツを洗ったり切ったりするのは難しそうだ。

「何だか変わった部屋ですねえ」

「僕もこんな部屋は初めて見ました」と不動産屋さん。「ここは分譲マンションで、最初は普通の間取りだったはずですが、オーナーさんがリフォームしたんでしょうね」。

バスタブはジェットバス付きで、長さが百八十センチもある。オーナーはよほどお風呂が好きなのだろう。そして料理はしないのだろう。

居住スペースにはセミダブルのベッドが置かれ、ベッドから手が届く位置にアメリカ製の大型冷蔵庫がある。窓のそばには大きな仕事机と、社長が座るような立派な椅子。壁の色はきれいなブルー。「家具も自由に使ってくださいとのことです」と不動産屋さん。ベッドや冷蔵庫付きなんて、ホテルみたいだな。

何だか面白そうだと心が動く。今いる部屋より家賃は高いけれど、お風呂中心の生活を始めるのもいいかもしれない。いや、無理でしょうと冷静な自分が答える。最初は面白くても一週間で飽きます。キッチンがないと不便です。この部屋に住むには、あなたは凡人過ぎますよ。

冷静な自分のいうことはいちいちもっともだ。惜しい気もしたが、その部屋に住む手続きをすることはなかった。その後も時々その部屋をネットで調べた。なかなか借り手がつかなかったが、ある日見ると不動産屋のサイトから消えていた。借りたのはどんな人かと気にかかる。

4

雨上がりの神保町を歩いていた。時間は夜の九時過ぎだった。ぬれた道路に街の灯りが反射して白く光っていた。交差点まで来ると、サラリーマン風の人に声をかけられた。

「すみません。JRの駅はどこですか」

一番近い駅は水道橋だが、御茶ノ水駅も徒歩圏内だ。この人が行きたいのはどっちだろう。「水道橋ですか」「ええ」「この横断歩道を渡ってまっすぐです」。その人は礼をいうと、ちょうど青になった横断歩道を渡り始めた。

わたしはその人とは反対の方向に歩き出した。が、何となく気になって後ろを振り返った。横断歩道を渡り終えたその人は、地下鉄の駅の階段を降りて行く。

ち、ちがう。そこじゃありません。追いかけて行ってもう一度説明しようかと思った。が、すぐに思い直した。地下鉄の表示を見つけて気が変わったのかもしれない。JRまで十分近く歩くより、地下鉄に乗る方が手っ取り早い。あるいはこの人は階段が好きで、階段を見ると吸い寄せられるのかもしれない。

しかし、どうもおかしい。あの中年の男性は、道に迷った人のようにきょろきょろしてはいなかった。この辺りの地理を完璧に把握しているように、自信たっぷりに信号待ちをしていた。水道橋の駅なんて目をつぶってでも行けそうな感じだった。

とすれば、どういうことだろう。え、もしかしてナンパというやつ？　夜だし、雨上がりのマジックでわたしが若い女性に見えたのかしら。でも喋らせてみたら全然若くなかったので誘うのをやめたとか。おのれ。許さぬ。

いやしかし、いくら雨上がりでもマジックには限界がある。何十歳も若くは見てくれまい。ナンパ説、却下。もしかするとあの人は毎晩神保町の交差点で「ＪＲの駅はどこですか」と道行く人に訊いているのかもしれない。地下鉄で神保町に来た人の中には、最寄りのＪＲ駅がどこにあるか知らない人もいるだろう。果たしてどれぐらいの人が水道橋駅への行き方を知っているかチェックするのが、あの人の生き甲斐なのだ。

東京で暮らし始めて間もない頃にも、神保町の交差点で道を訊かれたことがある。二十年以上昔のことだ。オーバーを着てソフト帽をかぶった小柄で上品な老紳士が、「ガクシカイカンはどこですか」とわたしに訊いた。

初めて耳にする言葉だった。それがどういうものかさえ知らなかった。「すみません。

わかりません」「そうですか。いや、どうも」老紳士は帽子に軽く手を添えていった。お役に立てないのが申し訳なかった。

今のわたしには、「学士会館」だとわかる。場所も知っているし、仕事で利用したこともある。今なら答えられるのになあと、神保町に来るたびにその人のことを思い出す。

5

七泊八日で中国に行ってきた。中国に行くのは五回目だ。遊びで行ったのは最初の時だけで、あとは日中の詩人たちによるシンポジウムや文化交流といった仕事がらみだ。

今回の旅もそうだった。揚州（上海の近く）で開かれる詩と芸術の祭りに招待されて行くことになった。わたし以外に海外から参加した詩人はスイス、ルーマニア、スウェーデン、キューバの人たち。男性二人に女性三人。わたしと同い年の人が男女一人ずつ、あとの二人は十歳前後年上だ。大人の集まりというか、シニアの集会というか。

祭りの関係者である中国の詩人・楊《ヤン》さんと唐《タン》さん（どちらも男性）が、現地でわたしたちの世話をしてくれた。楊さんに会うのは三回目、唐さんとは四回目。以前、中国や日本で開かれた詩のシンポジウムでもご一緒した。二人とは同世代だし、これだけ会っているとさすがに親近感がわく。

楊さんは疲れを知らない人で、長い髪をなびかせながらよく喋り、よく笑い、よく歩き、よく飲む。唐さんは余計なことは喋らず、黙って物事を考えているタイプ。声も態度も落ち着いていて、貫禄十分。対照的な二人である。

唐さんの妻の茹《ルウ》さんは京都の大学に留学し、卒業後は日本で通訳の仕事をしていた。当然日本語は堪能で、今回わたしの通訳をつとめてくれた。茹さんに会うのも四回目だ。茹さんはわたしより年下だけど頼りになる。

さて、わたしたちの旅の目的は、前述したように揚州のお祭りに参加することだが、その前に北京で三つばかり朗読会やディスカッションをこなした。「せっかく中国に呼んだんやから、こいつらしっかり働かせたろ」と楊さんたちが思ったかのように、北京での二日間は早朝から深夜までフル稼働であった。

といっても、食事の時間はたっぷりあった。連日、お昼ご飯は二時間、晩ご飯は三時間というたっぷりさである。そして食事時間の長さは揚州に移動したあとも変わらなかった。わたしはご飯はさっさとすませたい方だ。たまに誰かとゆっくり食事するのはいいが、毎回宴会だと疲れるし、時間の無駄としか思えない。しかも、食事中、皆は英語で会話している。何よりこれが困るのだ。

わたしは英語はカタコトしか喋れない。茹さんも英語はできない。皆が楽しそうにお喋りするさまをわたしたち二人は横目で見ながら過ごすことになる。

それだけならまだいいが、わたしに話しかける人が時々いる。きゃー、やめてーと叫びたいのを必死でこらえて、引きつった顔で相手の話に耳を傾ける。もちろん何をいってるのかわからない。おー、いえーす、などと取りあえずいってみるが、頓珍漢《とんちんかん》な答えになっていることであろう。

つらい。つらすぎる。こういうことが食事のたびに起きるのだ。苦行のような時間。食事が五分で終われば苦行もすぐ終わるのに。

6

英語を喋る人たちに囲まれた食事は、緊張するばかりでおいしくも何ともなかった。といいたいところだが、そんな過酷な状況でもおいしいものはおいしいのだった。北京で食べたものもおいしかったけど、初めて口にする揚州の料理は珍しいものが多かった。お米を炒めて揚げたもの（焦げたような色をしている）。大豆を粉末にして、細長いクッキーみたいに固めたもの（さくさくした、お菓子のような前菜。きな粉に似た味）。見た目はラーメンなのに、味はお豆腐という料理。見た目は北京ダックなのに、豚肉を使った料理。口に入れるとひんやりする、その名も「氷草」という野菜（揚州の名産）。焼いたウズラの山盛り（頭も並んでいてギョッとする）。揚子江の大きな魚を煮たもの。青い野菜と肉を炒めたもの。石焼き芋にそっくりなもの（ほっそりした芋を使っている）。レンコンを甘辛く炒めたもの。揚州料理は、北京料理に比べ、味が淡白だ。

ちょうど仲秋の名月の頃だったから月餅もあった。本場の月餅はどれほどすごいかと思ったが、黒いこしあんが詰まった普通の月餅だった。横浜の中華街に行くといろんな月餅があるから、中国にも本当はたくさんの種類の月餅があるのだろう。

揚州は包子《パオズ》が名物だ。いわゆる中華まんである。肉や筍《たけのこ》が詰まったもの、ニラのような緑の野菜が詰まったもの、黒あんが詰まったものなどさまざまだ。包子の店では小籠包《しょうろんぽう》や大きなシュウマイも食べられる。日本で食べるより一〇〇倍おいしい。中華まん好きのわたしとしては、食事は毎回中華まんだけでもいい。

デザートには必ずといっていいほどスイカが出てくる。他には小さいリンゴのようなものも。「これ、何かわかりますか」と通訳の茄さん。「わかりません」「ナツメです。ナツメはビタミンが豊富なの。皮のまま丸かじりしてね」リンゴをかじる要領で一つかじってみる。リンゴより柔らかい。リンゴほど酸味がない。「さっぱりしておいしい」「わたし、これが大好きなの」二つ目のナツメをかじりながら茄さんがいう。つられてわたしも二つ目に手を出す。

ふと見ると、英語を話す人たちは、箸と格闘しながらまだ食事の真っ最中だ。食事の時間が長いのは、お喋りが好きというだけでなく、箸が苦手ということもあるのかもしれない。

遠方から長時間飛行機に乗って中国に来て、使い慣れない箸で毎回食事させられて。わたしにはわからないストレスが、英語を話す人たちにはあるのだろう。わたしは中華料理が好きだけど、あの人たちはそれほどではないかもしれない。「また中華かよ」とうんざりしているのかもしれない。それで時間がかかるのかな。わたしが英語にストレスを感じているように、あの人たちにはあの人たちのストレスがきっとあるのだろう。

7

九月もそろそろ後半にさしかかろうとしている。日暮れが早くなり、朝晩は涼しくなった。最高気温が三十六度なんて日はもう来ないだろう。猛暑は去った。やれやれである。ざまみろといってもいいかもしれない。わたしたちをさんざん痛めつけた、悪魔のような猛暑はついに退散した。はははは。我々の勝利である。

秋は優しい季節だ。昼間外を歩いても汗が流れ落ちたり、めまいがしたりすることはない。一刻も早く涼しいところに逃げ込もうと焦ることもない。平常心でゆったりと外を歩ける。ようこそ、秋。

その一方で、夏の間に何かをやり残したような思いが残る。おいしいと評判のかき氷屋に行きたかったのに、行けなかった。北陸新幹線で金沢に行きたかったのに、行けなかった。インドにガンジス河を見に行きたかったのに、やっぱり行けなかった。花火大会やお化け屋敷にも行かず、昆虫採集もしなかった。夏らしいことは何一つしなかった。

何をしていたかというと、時々仕事や図書館に出掛ける以外はほとんど部屋にこもっていた。出不精の見本。ちっとも夏らしくない、夏らしいことをしない夏だった。我ながら情けない。これでは勝利どころか、大敗ではないか。

いやしかし、ひたすら家にいることこそ、最先端の夏の過ごし方かもしれない。夏の間、天気予報は毎日のように「くれぐれも熱中症にご注意ください」と呼びかけていた。「外出はなるべく控えてください」ともいっていた。わたしの住む街では「光化学スモッグ注意報」がたびたび発令されていた。

夏にアウトドアを楽しむのは過去の話で、今や涼しい部屋にこもるのが正しい夏の過ごし方かもしれない。暑さのせいで人が亡くなる時代だ。夏を乗り切ることは命がけ。これからの夏は、アイスクリームになったつもりで、冷凍室のようなところにこもるのだ。

とはいえ、何もせずに冷凍室にいると退屈してしまう。全身がどろどろに溶ける恐怖も忘れ、ふらふら外に出てみたくなる。そうならないためには、部屋の中で遊ぶものが必要だ。

百人一首はどうだろう。百人一首というとお正月のイメージが強いが、年一回ではもったいない。小野小町や和泉式部も、自分たちの出番が少ないといって怒っている。たまには夏の空気を吸いたいといっている。引き出しから百人一首を取り出して並べてみよう。

夏のうちから親しんでおけば、お正月までには百首覚えられるはず。
お正月は寒い。百人一首は寒い季節にするものだ。ゆえに百人一首を始めると、今は冬だと脳が勘違いする。暑さを感じないどころか、セーターやマフラーが欲しくなる。こうなるとしめたものだ。エアコンなしでも平気な毎日になる。

山里は冬ぞ寂しさまさりける人目も草もかれぬと思へば　源宗于《むねゆき》朝臣《あそん》

夏は百人一首で遊ぶに限る。

8

ついに夏休みが終わってしまった。大学の夏休みは二カ月くらいあるが、一瞬のうちに過ぎてしまった。授業時間の九十分は長いのに、夏休みの二カ月はあっという間だ。

人前で喋る日々がまた始まる。そう思うと、休みが終わる一週間ほど前から胃は痛むし、夜眠れなくなった。

大学が始まってしまえば何とかなる。が、長期休暇が終わる直前はきつい。怠惰な性格を引っ込めて、カタギにならなくちゃいけない。別の人格にならなくちゃいけない。陸で暮らせといわれた深海魚のような気分だ。

ヒトスジシマカを捕まえてきて、キャンパスに放そうかしらんと思った。刺された人がデング熱にかかれば、大学はしばらく封鎖されるはず。でも、その蚊をどうやって生け捕りにできるのか。なす術もなくぼんやりするうちに時間は過ぎ、ついに授業の初日がやって来た。

久しぶりに歩くキャンパスは、広々として気持ちよかった。高齢化社会が嘘のように若い人たちが大勢いる。九月も下旬だというのに、最後の力を振り絞るように蝉が一匹鳴いていた。きれいな栗毛の馬が二頭いた。

え、馬？　馬がなぜ？　キャンパスで馬を見るのは初めてだ。馬の放牧をすることにしたのだろうか。ちゃんと入試を受けて学生になった馬なのか。何とも不思議だったが、学内のイベントのために連れてこられた馬らしかった。階段を上がって教室に向かうと、懐かしい顔が並んでいる。二カ月会わなかっただけなのに、二十年ぶりみたいに懐かしい。皆、以前よりどことなく大人びている。メイクやヘアスタイルや全体の雰囲気が大きく変貌した人もいる。わたしも「老けた」とか「太った」とか思われているのであろうな。

懐かしい顔にまじって、初めて見る顔もある。後期からわたしの授業を受ける人たちだ。毎年のことだが、新旧の顔が入り交じる休み明けの教室は、冷たいお蕎麦と温かいお蕎麦が並んでいるようだ。

こわごわ授業を始めてみると、悪くないじゃないかと思う。むしろ楽しいといってもいいぐらいだ。何をくよくよ思い悩んでいたのかときのうまでの自分を笑いたくなる。冬休みまで何とかやっていけそうだ。

わたしの通う大学の授業は「前期」と「後期」に以前は分かれていたが、「春学期」「秋学期」と呼び名が変わった。「春学期」というと春の楽器みたいで、たどたどしいリコーダーの音がどこからか聞こえてきそうだ。「秋学期」は秋の楽器で、こちらは音色の柔らかなバイオリンだろうか。「春学期」「秋学期」を「春場所」「秋場所」とさらに変えたら、休み明けが恐くなくなるかもしれない。どすこい。

9

地下鉄の座席に座った。目の前には感じのいいカップルがいた。女性は二十代後半だろうか。白いブラウスに膝丈のスカート。ピンクの口紅を塗っただけで、ファンデーションもマスカラもつけていない。やや長めの髪は後ろですっきり束ねられている。「上品で清楚」という言葉がぴったりの女性だった。

隣にいる三十歳ぐらいの男性は、恋人ではなく、夫だろうと思った。二人は時折静かに言葉を交わす。黙っていても心は通じ合っていますというような、温かく落ち着いた雰囲気だった。結婚して二年目ぐらいかなあと、勝手なことを考えていた。

と、信じられないことがその時起きた。清楚な女性の口が真っ二つに裂けて、上下にぐんぐん広がっていったのだ。わあああああ。叫びたいのを必死でこらえた。口の中には、白い歯がびっしりはえていた。ふっくらした舌は、のどの奥に引っ込んでいた。奥歯が斜めに伸びていた。

女性の人相は激変し、上品さも清楚さも吹き飛んだ。口から悪魔が飛び出して来そうだった。映画の「ジョーズ」を思い出した。

筋肉の限界に挑戦するように大きく開いた口は、やがて静かに閉じられた。女性は上品で清楚な顔に戻った。わたしはやれやれと胸をなで下ろした。

夫は妻の大あくびに気づいていないようだった。見られなくてよかったと思った。もし見られたら、百年の恋もいっぺんにさめただろう。それぐらい迫力のあるあくびだった。と思っていると、今度は夫の口が裂け、上下にぐんぐん広がっていった。

うむむ。あくび夫婦め。さては、夫は妻のあくびが大好きで、それで結婚したのだな。互いの愛情があくびで薄れることはないのだろう。でも、人前であくびする時は口元を隠した方がいいんじゃないかな。

咳やくしゃみをする時口元を隠すように、あくびの時も口を隠すのが礼儀ではないかしらん。

二人に限ったことではなく、大口を開けて堂々とあくびする人を最近よく見る。見たくないのに、口の中をたびたび見せられる。犬や猫のあくびは可愛い。動物園のカバやライオンのあくびも愛嬌がある。人間だって赤ん坊のあくびは愛らしい。小学生もまあまあ。でも大人のあくびは可愛くも愛らしくもないと思うんだけどなあ。

あくびが気になるのはわたしだけだろうか。わたしの心がせまかったり頭が古かったりするからあくびが気になるのかなあ。

10

九月最後の夜、地下鉄のホームの椅子に腰掛けて電車を待った。前を通る人をぼんやり眺めるうちに、全員靴を履いていることに気がついた。

黒い革靴の人、茶色い革靴の人、赤いハイヒールの人、スニーカーの人、何とショートブーツの人までいる。それに引き換えわたしはハダシ……ではないけれど、サンダルだ。昼間はまだ暑いし、夏が名残惜しいし、靴に履き替えるきっかけが見つからないまま惰性でサンダル。

ホームを歩く女たちも、少し前までサンダルを履いていたはずだ。カラフルに塗った爪や無防備な踵《かかと》を人前に晒《さら》していたはずなのに、いつの間にか爪も踵も靴の中に隠している。みんないつサンダルから靴に切り替えたのだろう。半袖をやめて長袖になった時だろうか。「わたしは毎年九月の第三金曜に切り替えることにしています」という人もいるだろうか。

もはやこの駅でサンダルを履いているのはわたしだけなのか。何という孤独。電車をやり過ごして人の足元を観察していると、やがて黒いサンダルを履いた三十代ぐらいの女の人が現れた。続いて底の厚いコルクのサンダルを履いた若い女性もやって来た。

「同志！」と声をかけ、一緒にラーメンでも食べに行きたい気がした。

サンダルで現れる人を待つうちに、遠い昔のことを思い出した。高校一年の十月一日のことだ。この日が衣替えであることは知っていたけれど、暑かったので夏用の制服で登校した。月曜だったから校庭で全校生徒が集まる朝礼があった。千三百人以上の生徒のうち、白い夏服はわたしだけ。ほかは全員黒い冬服だった。わたしの人生で一番目立った朝である。

昼休みに担任の教師に職員室に呼ばれ、なぜ夏服なのかと訊かれた。「暑かったからです」と正直に答えたが、教師は納得してくれず、明日から冬服で来るよう恐い顔でいった。「わかりました」と答えたものの、内心不満だった。

父親の転勤で、わたしは山口県の下関から福岡県の小倉の中学校に転校した。関門海峡をはさんでご近所の町だけれど、学校の雰囲気はまるで違った。どちらも公立だったが、小倉の方が断然自由で大らかだった。衣替えも一斉ではなく、一ヵ月ぐらいの間に着替えればよかった。

高校に入る時また父が転勤になり、わたしは山口県の公立高校に進んだ。小倉の自由さに慣れていたから、衣替えの日だからといって暑い日に冬服を着る必要はないと思っていた。そしたら職員室に呼び出される結果になった。着るものぐらい好きにさせてくれればいいのに。

この一件で学校がイヤになり、どんどん落ちこぼれていった……といえればいいのだが、落ちこぼれはその前からだった。

11

ゴーシュというカフェがなくなって一年が過ぎた。もともと一年間限定のお店だった。しかも月曜しか開かなかったから、実際に営業していたのは五十日あまりに過ぎない。

ゴーシュは東中野の古いビルの二階にあった。ある日、たまたまそのビルの前を通りかかり、「営業日　毎週月曜日」と書かれた小さな看板を見つけた。変わったお店だなあと思った。定休日が週に一日ならわかるが、営業日が一日なのだ。週休六日でやっていけるのだろうか。会社を定年退職した人が、道楽で始めたお店かもしれない。客に蘊蓄《うんちく》を傾けるのが好きなオヤジが経営し、会社の元同僚が常連なのだ。一見《いちげん》の客が行こうものなら、冷たくあしらわれるに決まっている。

そんな店はごめんだと思ったが、それからしばらくして再びそのビルの前を通った時、せまい階段をふらふらとのぼった。

重い鉄の扉を開くと、コーヒーの深い香りがした。ジャズが静かに流れる店内に、コーヒー色の小さなテーブルと椅子が並んでいる。天井から吊るされた電灯は柔らかな飴色の光を放っている。カウンターにはコーヒー豆を入れたガラスの瓶が並び、その向こうに白いワイシャツのさわやかな青年が立っていた。

「いらっしゃいませ」

カウンターに腰掛けると、青年は分厚いファイルを差し出した。この店で出すコーヒーについて、産地や味などを詳しく紹介している。きちんと読むと三十分ぐらいかかりそうなのであっさりブレンドを注文した。

豆を挽き、お湯をわかし、適温まで冷まし、口の細いポットでゆっくりとお湯を注ぐ。時間をかけて丁寧に淹れられたコーヒーはびっくりするほどおいしかったし、厚手のカップにたっぷり入っているのも嬉しかった。

その日を境に、この店に足を運ぶ月曜が増えた。アルバイトかと思った青年は店主で、大学四年生だった。

若いけれど店主のコーヒーの知識は豊富だった。全国の喫茶店をまわり、淹れ方を勉強したという。お客は店主の友人もいれば、この店のコーヒーに惹かれてやって来る社会人も多かった。中年の男性が、コーヒー好きの父親を連れて来たこともあった。ジャズのCDを持参して、店主に熱心にジャズを語る客もいた。

店はいつもほどよく混んでいた。混んでいても静かで居心地がよかった。壁の柱時計が時折鳴って時間を知らせた。いろいろな味を知りたくてわたしは二杯コーヒーを頼んだ。

この店を訪ねたのは十回程度だろうか。オヤジが道楽で始めた店だと決めつけず、もっと早く行けばよかった。コーヒーがおいしく、居心地のいいお店はなかなかない。一年過ぎてもこの店がなくなったことが残念でならない。店主は大学を出て就職したらしい。定年になる前に勤めを辞めてもう一度カフェを開いてくれると嬉しいのだが。

12

久しぶりに文楽を観に行った。「妹背山《いもせやま》婦女庭訓」だ。「婦女」は「ふじょ」と読みそうになるが、「おんな」である。「庭訓」は「ていくん」ではなく「ていきん」。家庭教育のことらしい。

歌舞伎や文楽の題目は読み方が難しい上に、内容がわからないことも多い。「妹背山婦女庭訓」もまさにそうだ。女子の家庭教育の話かと思いきや、藤原鎌足の息子・求馬《もとめ》らが蘇我入鹿を誅伐《ちゅうばつ》する話だ。イルカのイの字も入ってないのに。

さらにそこに、求馬に恋するお三輪と橘姫（実は入鹿の妹）との三角関係がからんでくる。求馬は見た目はいいのだが、二股かけるひどい男だ。しかも自分のひどさに気づいていない。入鹿退治というミッションが第一で、女の気持ちなどどうでもいいのだ。昔からこんな男はいたのだなあ。

橘姫のあとをつけ（ストーカーである）、求馬は入鹿の御殿にやって来る。その求馬のあとをつけ（同じく）、お三輪も入鹿の御殿に来た。そしてお三輪は、御殿につとめる官女たちにからかわれるわ、鱶七《ふかしち》という男にいきなり刀で刺されるわで、踏んだり蹴ったりの目にあわされる。

鱶七は実は求馬の一味だ。爪黒《つまぐろ》の鹿の血と、疑着の相が出ている女の生き血を注ぎかけた笛を吹いたら入鹿が正気をなくすから、気の毒だがあんたに犠牲になってもらったぜと鱶七はお三輪に話す。はあ？　ちっとも意味がわかりませんが？　という感じである。

入鹿の母には長く子どもがなかったが、白い牝鹿の生き血を飲んだおかげで元気な男の子を産むことができた。それでその子を入鹿と名づけた。だから鹿の血と疑着の女の血をぶっかけた笛を吹いたら入鹿は正気を失うであろうという、医学を無視したメチャクチャな理論だ。

「疑着の相」とは、「激しい疑念と嫉妬の表情」らしい。嫉妬にかられたお三輪はまさにそういう顔をしていたが、初対面の男にいきなりそんなことをいわれたくないだろう。ところが鱶七から話を聞いたお三輪は、自分の血が求馬さんのためになるなら死ぬのが嬉しいというのだ。アホちゃうかと思うが、それをいってはおしまいなのだ。

さあ、この笛を吹いてみると、入鹿は酔ったようになってかっぱと伏す。父の鎌足をはじめ求馬の味方が大勢現れて、見事に入鹿の首をはねる。よくわからないけどめでたしめでたし。でもお三輪ちゃんかわいそう。

夕方四時からの公演が終わったのは八時だった。途中二回の休憩があるが、上演時間は三時間以上。この間、人形を見たり、人形遣いを見たり、大夫さんの語りや三味線の音を聞いたり、字幕を読んだりと大忙しだった。仕事をする時以上に集中した感じ。

疲れをほぐすため、一緒に観に行った人たちと居酒屋に入り、あそこはああだった、こうだったと語り合う。気づくとこちらも知らないうちに四時間が過ぎている。

13

俳優にしてダンサーでもある森山未來さんの舞台公演があった。観たい、でも遊んでいる場合ではない、でも観たい。さんざん迷い、やっぱり観に行こうと決心したのは初日の三日前だった。

チケットセンターに電話をすると、完売しましたという素っ気ない返事。ああ、出遅れてしまったか。わずか二日間三ステージの公演だから、急がなければいけなかったのだ。がっくりきたが、売り切れたものは仕方がない。次の公演の機会を待とう。

そう思ったものの、少し時間がたつと、簡単にあきらめてなるものかという闘争心がわいてきた。ヤフオクをチェックするとチケットが一枚出品されていたが、すでに売れてオークションは終了していた。しかも定価は三千八百円なのに、最終的には八千四百円という値段がついていた。

定価の倍以上のチケットを買う気にはなれない。転売目的で買って出品する人もいるからだ。このチケットが残っていても、わたしは手を出さなかったと思う。

ヤフオクがだめならツイッターがあるさ。どんな公演でも、チケットを買ったのに行けなくなる人はいる。公演名でツイッターを検索すると、「仕事で行けなくなったので誰かチケットを買ってください」というつぶやきがすぐ見つかった。わてが買いまひょ！　とつぶやこうとしたが、ツイートの続きを見るとすでに誰かが買っていた。残念。またしても出遅れてしまった。

あきらめずにその後もツイッターをちょいちょい検索していると、チケットが余っているから売りたいというツイートをついに見つけた。知らない人だったが、「よろしければ譲ってください」と話しかけ、あとはメールでやり取りをする。

奈良在住の鈴木さんという女性だった。一緒に行くはずだった友人の都合が悪くなり、チケットが余ったらしい。チケットは公演当日に劇場入口で受け取ることになった。もちろん定価だ。

互いの服装を知らせ合い、どきどきしながら鈴木さんを待つ。約束の時間に鈴木さんは現れ、チケットと引き換えに代金を渡す。何だか麻薬の取引をしている気分。鈴木さんと隣り合って客席に座り、開演前に少しお喋りをする。何と鈴木さんは前日とその日の午後もこの舞台を観たという。つまり三ステージすべて観るわけだ。それほどのファンだとは。

森山さんの舞台はこれまですべて観ているらしい。

まわりの席の人たちに鈴木さんは挨拶する。皆森山さんの熱心なファンで、長野県や石川県から来たという。いずれも四十代から五十代ぐらい。お金持ちの道楽という感じではなく、森山さんの舞台を観ることを励みに、毎日頑張っている人たちのようだった。

遠方から来るファンもたくさんいるだろうと予想していたけれど、実際に取り囲まれてみると静かな熱意にたじたじとなった。ツイッターなんかで簡単にチケットを手に入れてすんまへんと頭を下げたくなった。

14

いつもおいしいものを送ってくれる山形の友人阿蘇孝子さんにたまには何かお返しをしたくて、デパートの地下をうろついた。お酒はあまり飲まない人だし、果物は山形の方がおいしい。何がいいだろうと迷った末に、京都に本店がある老舗の和菓子に決めた。

東京から送るのに京都のお菓子というのも何だかなあと思いながら送り状に阿蘇さんの住所を書いていると、女の人がやって来て、わたしの隣で品物を選び始めた。そして「これ、九百個いただきたいんですけど」と売り場の人にいった。きゅ、きゅうひゃっこ？わたしは思わずその人を見た。若くて元気のいい人だった。

その人が指さしたのは、可愛らしい干菓子《ひがし》が十個ほど入った小箱だった。何と剛毅な買いっぷり。これぞまさに大人買いである。若いのにたいしたものだ。一人で全部食べるのだろうか。干菓子がこの人の主食なのか。ひょっとしてバレンタインの義理チョコみたいに、友人知人に配るのだろうか。それとも何かのイベントで使うのか。干菓子だけを配るサンタクロースってことはあるまいな。

大量注文にわたしも驚いたけれど、売り場の人はもっと驚いたに違いない。パニックを起こしてひっくり返るのではないかと心配したが、「いつまでにご入用でしょうか？」とにこやかに応対している。銀行強盗みたいに今すぐこの場で用意しろということではないらしい。

「来週の金曜日までにいただきたいんですけど」「店に問い合わせてお返事いたしますので、お客様のお電話番号をお訊きしてもよろしいでしょうか」双方、落ち着いてやり取りをしている。以前にも大量注文したことがある人なのだろうか。あるいは九百個ぐらいの注文はざらにあるのか。

女の人は電話番号を書き残すとその場から去って行った。売り場の人は、何もなかったような顔で次のお客さんと話している。わたしひとりが九百個に縛られてその場を動けずにいる。

大量の干菓子はお茶会で使うのかもしれない。一箱十個ほど入った干菓子が九百箱だから、干菓子は全部で九千個ほど。一人に三つずつ出しても三千人分だ。三千人のお茶会なんてあるのだろうか。東京ドームを借り切って開くのか。お客さんの数も多ければ、お茶を点《た》てる人の数も多そうだ。そんな大規模なお茶会なら、一人ぐらい増えても気づかれないだろう。こっそりまざってみようかしらん。

わたしは一度に何かを九百個も買ったことはない。タマゴは十個買うけれど、それは十個で一パックだからだ。世の中にはお菓子を九百個注文する人もいるんだなあ。

でもどうして九百個なんだろう。千個ならキリがいいのに。九百って半端で落ち着かない。九という数字は縁起が悪いし。千個か八百個にする方がいい。最初の驚きが去って九百という数字に慣れてくると、部外者のくせに勝手なことを思うのであった。

15

階段を降りて山手線のホームに行くと、人影はほとんどなかった。電車は出たばかりらしい。夕方のラッシュにはまだ早く、ゆるやかな空気がホームに流れていた。わたしは黄色い線の内側にぼんやり立った。

「落ちてますけど。違いますか？」

女の人の声がすぐそばで聞こえた。顔を見ると二十代半ばぐらいの人だった。会社員なのだろうか、黒いバッグを肩にかけている。

わたしの足元に薄汚れたボールペンが転がっていた。わたしもそれに気づいていた。百円で買えそうなボールペンだ。拾って駅員さんに届けるほどのものではないように思い、気づいていながらそのままにしておいた。

この女性はわたしがボールペンを落としたのではと気遣って、声をかけてくれたのだ。知らない人に声をかけるのは勇気がいるだろうに。

「ありがとうございます。でもわたしのじゃないんです」

会話はそれで終わった。ホームに入って来た電車にその人もわたしも乗り込んで、右と左に分かれた。再び言葉をかわすことはなかった。

吊り革につかまり、景色を眺めるうちにもやもやしてきた。わたしのものということにすればよかったかな。お礼をいってボールペンを拾っていたら、あの人は気持ちよくなっただろうに。

でも拾ったボールペンをわたしはどうすればいいだろう。着服するのは気がとがめる。といって、一度拾ったものをどこかに捨てるのももしのびない。やはり駅員さんに届けるしかないのか。しかし百円のボールペンを落としたからといって、わざわざ駅に問い合わせる人がいるとは思えない。届けたところで、駅員さんを煩わせるだけだろう。

やはりホームに残してきてよかったのだ。ボールペンが必要な人が拾ってくれるかもしれないし。などと考えるうちに、亡くなった父のことを思い出した。定年退職したあと、父は家にいる時間が増えた。ある日の夕方、玄関を出ると、うちの前に十円玉が落ちていた。一つ、二つ、三つ……十円玉は全部で六つあった。

近くにある高校の生徒たちが下校途中にうちの前でお喋りする声が、少し前に聞こえていた。あの子たちが落としたのだろうと父は思った。顔がわからないから返したくても返せない。交番に届けても六十円ではお巡りさんは困るだろう。といって自分のものにするわけにはいかない。迷った挙げ句、父は四十分歩いて神社まで行き、賽銭箱に入れた。

その話をわたしは母から聞いた。

「ほんとうにお父さんは融通がきかない」

母とわたしは父の性格を笑った。

山手線にゆられながらわたしはそのことを思い出した。落ちていたボールペンで悩むわたしと、拾った六十円で悩む父は、似たようなものだと思った。

16

今年も猫の命日が過ぎた。特別なことは何もしなかった。ああ、きょうは命日だなあと思うだけで終わった。金木犀の季節に死んだので、毎年、金木犀のにおいが漂う頃は切なくなる。いなくなったのは二十五年も前なのに。

五歳とちょっとしか生きられなかった。生きていたら今年で三十歳だ。猫の寿命は長くて二十年ほどらしいから、生きていたとしても死んでいるだろう。

猫が死んだ時は悲しくて何日も泣き暮らした。今でもたまに夢を見る。全身真っ白な猫だったから、白い猫を見かけるたびにどきっとする。

タンスの上に、亡くなった父と猫の写真を並べて置いてある。毎朝お水を供えてお線香に火をつける。父はともかく、猫はお線香なんか嬉しくも何ともないだろうけど。

もともと猫は好きではなかった。鋭い歯や爪、何か企んでいそうな目が恐かった。抱っこはおろか、撫でることさえできなかった。友だちの家に泊まりに行き、その家の猫がわたしの布団に潜り込んで来た時は失神しそうになった。

なのに、ある日、猫を拾ってしまった。心ない人に捨てられたのだろう、雨の日に道ばたで鳴いていた。生後二ヵ月ぐらいの子どもの猫だった。左目がなくて、眼球があるべきところに赤い膿《うみ》がたまっていた。

どうにもほっておけなくて部屋に連れて帰ろうとしたが、抱っこするのは恐ろしい。いったん部屋に帰って段ボールを持って来て、その中に猫を入れて運んだ。猫好きの知り合いに頼んで、引き取ってもらうつもりだった。

拾ったのは木曜で、知り合いが来たのは三日後の日曜だった。わざわざ来てもらったのに手ぶらで帰ってもらうことになった。猫と別れられなくなっていたのだ。たった三日で猫嫌いをとりこにしてしまうのだから、猫はやはり恐ろしい生き物だ。

猫と暮らし始めてからは驚くことの連続だった。何よりジャンプ力には仰天した。自分の背より何倍も高いところに、軽々と飛び上がるではないか。わたしにはとてもそんなことはできない。太くも長くもない足なのに、なぜ猫は高く跳べるのだろう。

夜中に突然、猛スピードで部屋を走り回ることにも驚いた。爪を立てて、寝ているわたしの顔の上を走り抜けたこともある。じんわり痛みが襲ってきた。

長くなったり、縮んだり、丸くなったり、反り返ったり、猫はいろいろな形になった。

そしてどんな形の時も美しかった。などと思い出を書き始めるときりがない。

また猫を飼いたい気持ちもある。ペットショップの猫ではなく、捨てられた猫を引き取りたい。でも子猫だとわたしの方が先に死んでしまうかもしれない。お互い長生きすると老老介護みたいになりかねない。そもそもこの部屋はペット禁止なので、引っ越すところから始めなくてはならない。そんなことを思うと二の足を踏んでしまう。

17

電車の中で両隣の人がスマホやケータイの画面を眺めていることは、今や当たり前の光景になった。見るのはもちろんかまわないのだけれど、画面をいじる人の肘がわたしの腕に当たることがある。すると何となくムズムズする。ひどくぶつかるなら注意するが、当たるか当たらないか微妙な感じで触れ続けるので何もいえない。

左隣の人が右利きなら左の腕が、右隣の人が左利きなら右の腕がくすぐられる。どうかすると両方からくすぐられることもあり、両手に花というか、両腕にムズムズだ。

仕事の帰りにいつものように地下鉄に乗った。夜の八時を過ぎていた。しばらく吊り革につかまって立っていたが、やがて前の人が降りたので腰を下ろした。左隣の青年はスマホでゲームをしている。右隣のスーツ姿の男性は本を開いている。何の本だろうと横目でちらりと見ると、細かい数字や数式が並んでいる。わたしにはまったく縁がなさそうな本だ。

左隣の青年が電車を降りた。スーツの男性が腰を下ろして本を開いた。珍しいこともあるものだ。両隣の人がそろって本を読むなんて。この人はどんな本を読むのだろう。また横目で見ると、プロトコルという文字が見えた。パソコン関係の本らしい。これもわたしには縁遠い。電車の中で読む本も人によっていろいろだな。

次の駅から乗ってきたスーツの男性が、わたしの前に立った。黒く分厚いカバンを網棚に置くと、ばさばさと新聞を広げた。夜なのに朝刊だ。一日中忙しくて新聞を読む暇がなかったのかもしれない。

車内で新聞を読む人も最近は少なくなった。両隣の人は本を読み、前に立った人は新聞を読むなんて久しぶりの体験だ。何だか懐かしい気がする。この次、こういう状況になるのはいつのことだろう。

車内は少しずつ空いてきたが、新聞を読む人は相変わらずわたしの前に立っている。電車が停まり、空席ができた。座るつもりでその人は新聞をたたんだが、新しく乗ってきた人がいち早く座ってしまった。がっかりした様子も見せず、その人はまた新聞を開いた。

二つ先の駅でまた一人降りた。その人は今度は素早く新聞をたたんだけれど、網棚からカバンを降ろしている間にほかの人に座られてしまった。座る気があるんだか、ないんだか。その人は網棚にカバンを戻そうとしたが、思い直したように床に置いた。この次は座るつもりらしい。なのに、またばさばさと新聞を開く。よほど面白い記事があるのだろうか。新聞を読んでいるとまた座り損ねてしまうかもしれないのに。

いっそのこと席を譲ってあげようかしらん。でもどう見てもわたしより若いから、譲ると混乱するだろう。迷っているうちにわたしの降りる駅に着いた。立ち上がってドアに向かう。振り返ると、わたしのいた席にその人が無事に座っていた。

18

書店で本を選び、レジに持って行くと、「カバーをおかけしますか」と訊かれる。「お願いします」とあっさり答えていいものだろうか。

カバーをかけるのはめんどくさい作業だ。紙の上に本を置き、あっちを折ったり、こっちを折ったり、ひっくり返したりしなければならない。客が「いりません」と答えれば袋に放り込むだけですむのに、余計な手間をかけねばならない。

店が暇な時はまだいいが、忙しい時はやりたくないだろう。「おかけしますか」と訊きながら、「いらないよといえよ、この野郎」と内心思っているに違いない。「お願いします」と答えようものなら顔面パンチが飛んで来そうだ。

ブックカバーどころか、本のカバーさえ、わたしは読む時にはずしてしまう。装幀家が聞いたら怒りそうだが、おしゃれなお出かけ着のようなカバーを脱がせて裸にした方が、本とまっすぐ向き合える気がする。柔らかいカバーよりかたい表紙の方が手にも心にもなじむ。

本来、本のカバーは、本が汚れたり破損したりすることを防ぐためにかけられている。いわば本のガードマン。カバーをはずして読むことは、本からガードマンを引き離すことになり、本は怒っているかもしれない。

しかし書店でブックカバーをかけてもらうことは、ガードマンにガードマンをつけるようなもので、過剰ではないだろうか。ガードマンは一人でいい、二人もいると暑苦しいと、これまた本は怒っているかもしれない。

電車の中で隣の人や向かいの人が本を読んでいると、何を読んでいるのか気にかかる。さりげなさを装ってタイトルや著者名を盗み見る。

本にブックカバーがかけてあると、これができない。透視能力がない限り、本のタイトルはわからないままだ。中身がわかれば「なあんだ」とがっかりするような本でも、わからない間は気がかりだ。タイトルを知りたくて悶々とする。本を奪ってカバーをむしり取ってやりたくなる。逆にいえば、ブックカバーは、何を読んでいるか周囲に知られないためのものでもある。

書店のブックカバーは紙製だが、文具店などでは革製や布製のものを売っている。季節感を取り入れて、寒い季節には毛糸やフリースのブックカバー、お正月には十二単《ひとえ》を真似てブックカバーを十二枚重ねてみるのはどうだろう。十二枚もあると読みにくいかもしれないけど。

先日、ふと気が向いて久しぶりに書店でブックカバーをかけてもらったら、やけに時間がかかった上に仕上がりが雑だった。Ｓサイズの人にＬＬサイズの服を着せたように、カバーが本からはみ出していた。昔の店員さんは手際よく、美しく本を包んでくれた。皆が遠慮して頼まないと、店員さんの本を包む技術が向上しないのかもしれないと思った。顔面パンチを覚悟しつつ、これからはブックカバーを頼むことにしようか。

19

夏の間は見るのも嫌だった毛布が、恋しくてたまらない季節になった。この世に毛布があってよかった。毛布なしでは生きていけない。毎晩ベッドに入るたびにそう思う。夏の間親しかったタオルケットのことは、とうに忘却のかなたである。今にして思えばあいつは軽くて薄っぺらなヤツだった。温もりを知らないヤツだった。

毛布は違う。温もりだけから出来ている。どこをいつ触っても温かい。機嫌が悪くてきょうは冷たいなんてことはない。暑い時期にほったらかしにしておいたのに、恨んだりグチったりすることもない。実に寛容。

夏でも冷たいわたしの足はこの時期ますます冷えて寝つきが悪くなる。それを防ぐために毛布の裾の部分を内側に折り込んで、毛布と毛布の間に足を入れる。温かい。毛布さえあればもう何もいらないと思う。

もちろん毛布だけでは寒いので、その上に羽毛布団を掛ける。毛布と羽毛布団は団結し、わたしを寒さから守ってくれる。

毛布と羽毛布団を逆にした方が温かいという話を、以前、どこかで読んだ。からだにまず羽毛布団を掛けて、その上に毛布を掛けろというのだ。そんな馬鹿なと思った。布団の表面はひんやりしている。直《じか》にからだに掛けたら凍えてしまうではないか。毛布の人気に嫉妬した布団が、ウソの情報を流しているに違いない。

信じるものかと思ったけれど、ある時、知り合いが「毛布と布団を逆にしたらすごく温かいんだよね」といった。「羽毛布団は温まった空気を逃がしてしまうから、上から毛布でふたをするのがいいらしいの。騙されたと思ってやってみて」。

半信半疑というか、ほとんど信じないまま、ベッドの上の毛布と掛け布団を入れ替える。布団を掛けると、冷凍庫に入ったみたいに一瞬にしてからだが冷える。やっぱりウソだったと思いながら歯を食いしばって耐えていると、次第にぽかぽかしてきた。この順番の方が、確かに温かい気がする。

とはいえ、からだに触れるのは布団より毛布の方がいい。毛布をもう一枚用意して、毛布、布団、毛布の順に掛けることにしようか。重さのあまり、悪夢を見そうだけど。いっそからだの下にも毛布を敷いて、毛布、毛布、布団、毛布の順に重ねて、毛布と毛布の間にもぐって眠ろうか。まるでミルフィーユだが、これなら寒波が来てもへっちゃらだ。

残念なのは、一晩かけて完璧に温かい空間を作り上げても、目覚ましが鳴れば起き上がって寝床を出なければならないことだ。主人を失ったベッドはどんどん冷める。夜、ベッドに入る頃にはすっかり冷たくなっている。やれやれ、一からまたやり直しだ。夜まで温かさをキープできる寝床があればいいのに。

20

大学の授業を終えたあと、渋谷に映画を観に行った。平日の夜だし、地味な映画だが、座席はそこそこ埋まっていた。上映時間が来ると場内は暗くなり、予告編が始まった。最近は予告編の時間が長い。邦画と洋画数本ずつと映画泥棒の映像あわせて十五分ほど見せられる。そのあと、ようやく本編が始まった。さあ、いよいよだと身を乗り出した時、少し後ろでパリッ、パリパリッと音がした。ポテトチップスの袋を開ける音だった。

あちゃー、なぜこのタイミングで開けるかなあ。これからポテトチップスを食べるつもりかしらと思っていると、「うるせえな」とドスの利いた声がした。

途端に音はぴたっとやんだ。わたしも一瞬びくっとしたが、パリパリいう音は二度としなかった。「どこのどなたか存じませんが、よくぞ注意してくださいました」と心の中で感謝した。

先月映画を観に行った時は、わたしの隣にいた体格のいい若者が、映画の途中でスマホを取り出した。スマホの画面は小さいけれど暗闇ではまぶしい。一回目は我慢したが、二回目に取り出した時は耐えられなくて「すみません。まぶしいのでやめていただけますか」と注意した。「何をいう。表に出やがれ」と凄まれるかと思ったが、「はい、すみません」とおとなしくやめてくれた。

注意される方もイヤだろうけど、注意する方だって愉快ではない。注意を受ける前に、まわりに迷惑をかけていることに気づいてくれればなあと思う。

数年前、勝新太郎と市川雷蔵の時代劇を名画座に観に行った時は、クライマックスの場面で、わたしの近くにいた人がバタバタと走って出て行った。年配の男の人だった。どうしてこんなにいい場面で帰るのか不思議だったが、数分後にバタバタと戻ってきてもとの席に座った。お手洗いに行ってきたらしい。

スクリーンでは、市川雷蔵が大勢の敵に囲まれて大ピンチ。そんなこととは知らないカツシンは、きれいなおねえさんと遊んでいる。

「早く行って助けてやってくれ」

お手洗いから帰ってきたその人は、感に堪えないような声でつぶやいた。まったく同感だった。このままでは雷蔵さまが敵に斬られてしまう。カツシン、早く行って助けてやってくれ。

わたしたちの願いが届いたように、カッシンはまもなく雷蔵のもとへ向かって勢いよく走り出した。「きたきたきた――」、その人はまたつぶやいた。映画の世界に入り込んで、雷蔵のことを本気で心配しているらしい。この人は、自分の家でもテレビを見ながら、こんなふうにつぶやいているのかもしれない。

不思議なことに、その人の声は不快ではなかった。むしろ微笑ましくさえあった。優しさや無邪気さにあふれていたからだろうか。上映中の声や物音がすべて迷惑というわけではないらしい。

21

秋が深まるにつれて、大学の研究室が賑わい始めた。卒業制作の提出日が迫ってきたので、四年生たちがようやく本気になったのだ。

夏休み前は、二年生や三年生は研究室に来ても、四年生はほとんど来なかった。夏休みが終わり、授業が始まると、作品を持ってぽつりぽつりと来るようになった。書きためたものはまだ少なく、今後の方針などについて話し合う。締切りまでまだ時間があるから、学生もこちらも気持ちに余裕がある。

十月も半ばになると、研究室のドアをノックする人が少しずつ増える。作品を読み、感想やアドバイスめいたことを伝える。わたしが研究室にいるのは週に二日だが、訪ねて来る四年生は一人か二人ずつ。

十月末からいきなり増えた。一人目の学生が持って来た作品を読んでいると、二人目の学生が来る。待っていてもらう間に三人目の学生がドアをノックする。そしてまた次の学生が……という具合。それほど広くない研究室に学生が四人も集まると満員御礼、商売繁盛という感じである。

「久しぶりー」などといいながら、学生たちは待ち時間にお喋りを始める。就職のこと、卒業制作のこと、単位の話、友だちの近況……。作品を読みながら、楽しそうなお喋りに耳をそばだててしまう。声が明るいのが何よりだ。就職活動や卒業制作でくたびれているはずなのに。就職先が決まらないまま、卒業制作に取り組んでいる学生もいる。

わたしが卒業制作を担当する学生は、四月の時点では十二人いた。小説を書きたい人、エッセイ集を作りたい人、写真と短歌を組み合わせた作品集を作りたい人、ファンタジー小説を書きたい人、四月に顔合わせをした時はみんな意欲にあふれていた。が、就職活動や単位の取得で忙しいのか、その後連絡が途絶えた学生もいる。残ったのは八人だ。寂しいけれど、それぞれ事情があるのだろうから無理強いはできない。わたしにできることは、八人に精一杯アドバイスをすることだけだ。

振り返ってみると、去年もおととしもこの時期は研究室が賑わっていた。学生たちは入れ替わり立ち替わりドアをノックした。提出日が近づくにつれて、みんな表情が引き締まっていった。その顔を見るのが好きだった。

卒業したあと学生に会うと、決まって卒業制作の話になる。「苦しかったけど頑張って仕上げてよかった。自信がつきました」と口々にいう。何人もの学生に伴走するのはわたしも苦しかったけれど、過ぎてしまえばそれも楽しい思い出だ。

疲れが少しでも取れてくれればと、研究室で学生にチョコレートやビスケットをふるまう。「餌付けですね」と憎らしいことをいいながら、学生たちは手を伸ばす。

22

水曜日には学食に行く。三限と五限に授業があるので、間の四限に足を運ぶ。午後三時から四時にかけての中途半端な時間だ。遅い昼食なのか、おやつなのか、早すぎる夕食なのかよくわからない。五限のあと夜遅くまで研究室にいることが多いので、この時間におなかを満たしておくと都合がいいのだ。

わたしが注文するのは三百七十円のカツ丼か、四百円のランチだ。ランチのメニューは毎回替わり、ミソカツ定食だったり、鶏の竜田揚げ定食だったり、メンチカツ定食だったりする。肉好きのわたしにはこたえられない。

ひとりで黙々と食べながら、自分が学生だった頃の学食を思い出す。安かったが、決しておいしくはなかった。「こんなものは豚のエサだ」と毒づいて学食を避けていた人もいた。わたしは安いのが何よりありがたかったから、大学に行く日は利用していた。

時代が変わったせいか、大学が違うせいかわからないけれど、今勤めている大学の学食は安い上においしい。近所にあれば毎日でも通いたいぐらいだ。

残念なのは早く閉まってしまうこと。キャンパスには四つ学食があるが、早いところは五時半に終わる。一番遅いところでも七時まで。わたしが学生だった頃は夜間部があったので、学食も夜遅くまでやっていた。今勤めている大学には夜間はない。いや、ほとんどの大学から夜間部は消えたようだ。学食が早く閉まるのもそのせいだろう。

学食でひとりで食事するのは、ちょっとばかり寂しい。まわりにはいつも学生のグループがいて、食事はとうに終わっているのに賑やかに談笑している。わたしは大人だからひとりでも平気だが、友だちの少ない学生だといたたまれないかもしれない。最近はトイレの個室で食事する学生がいると聞くけれど、気持ちはわからないでもない。

わたしがよく利用するのは「第一食堂」と「山小屋」という名前の学食だが、しばらく前に、やや遠い建物にある学食に行ってみた。いつも通りの中途半端な時間帯だったので、学食は空いていた。食券を買おうとして、おやと思った。教え子のAさんがすみっこで食事していた。Aさんはひとりだった。

どうすればいいだろうと迷った。声をかけて同じテーブルで食事する。声をかけずに別々に食事する。どちらも違う気がした。

物静かなAさんは、授業中、ぽつんと座っている。友だちは多くはなさそうだ。だから食事の時もひとりなのだろう。Ａさんはひとりで食事する姿を知り合いに見られたくなくて、遠くの学食に来ているのかもしれない。わたしに見られたことを知ったら恥ずかしいかもしれない。そう思い、声をかけるのを遠慮した。わたしの考えすぎで、この日たまたまひとりだったのかもしれないけれど。

23

時おり風が強く吹き、黄金色に輝くイチョウの葉っぱが激しく散った。空は晴れ渡っているけれど、空気はしんと冷えていた。

約束の時間を十分過ぎても田原《ティエン・ユアン》さんは現れない。待ち合わせの場所と時間を決めたのは田原さんだ。田原さんの職場はこの近くらしいから、場所がわからないはずはない。午前中の仕事が長引いているのだろうか。

交差点で待ち合わせたのは失敗だった。マフラーをして来なかったのはもっと失敗だった。目の前の銀行に入って暖をとりたいけれど、すれ違いになるとまずいからここにいるしかない。

中国人の詩人の田原さんから久しぶりに電話があったのは、三日前の夜だった。台湾の詩人が来日するので、二十日に何人かで食事をしないかというお誘いだった。その日はあいにく先約があった。

「じゃあ、ほかの日に二人で会いましょう。渡したい本もあるから。十五日のお昼はどうですか」

「大丈夫です」

「では麴町《こうじまち》駅の一番出口を上がった交差点で、十一時半に」

きょうがその十五日なのに、田原さんは姿を現さない。だんだん顔がこわばっていくのがわかる。慌ただしく約束したから、忘れているのではないだろうか。十一時五十分を過ぎたあたりでいたたまれなくなり、田原さんのケータイに電話した。

「もしもし」

「あ、平田さん？　台湾の詩人が来日するので、二十日に何人かで食事しない？」

こりゃダメだ。かけたのはわたしなのに、田原さんは自分がかけたつもりでいる。しかも二十日の件はお断りしたはずなのに。田原さんの頭は今、台湾の詩人のことでいっぱいらしい。

「きょうわたしと約束してたと思うんだけど」

「え？　あー、そうだったそうだった。何かあったなあと思ってたんだ。わあ、弱ったなー」

弱ってないで今すぐ来れば問題は解決する。わたしとの約束をきれいに忘れて、別の予定を入れたのだろう。ちぇっ、すっぽかされちゃったよ。でもわたしだっていつ同じ失敗をするかわからないから責められない。

「えーっと、今夜会わない?」と田原さん。夜までここにいろというのか。

「今夜はちょっと」

「じゃあ二十一日は? 台湾の詩人を連れて行くよ」

ぜひともわたしを台湾の詩人に会わせたいらしい。その人たちにも都合があると思うが、勝手に決めていいのだろうか。

「わかりました。では二十一日に」

電話を切ったあと、急に心細くなった。ぽっかりとあいた空白の時間。どうやって埋めればいいのだろう。

少しぼんやりしたあと気持ちを切り替えた。麴町で地下鉄を降りたのは初めてだ。このまま帰宅するのもつまらないから探検してみよう。そう決めると、風に飛ばされるイチョウの葉っぱみたいに知らない街をふらふらと歩き出した。

24

午後三時頃、うちの近くの駅から地下鉄に乗ると、学校帰りの小学生に会う率が高い。おそろいの帽子、おそろいのランドセルの私立の子どもたちだ。男の子もいれば女の子もいる。高学年もいれば、二年生ぐらいのまだ小さい子も。途中で乗り換える子もいるだろうに、迷子にもならず毎日通学している。みんなえらいぞと片っ端から頭を撫でてやりたくなる。

小学生の頃、わたしは一人で地下鉄に乗ったことはなかった。田舎だからそもそも地下鉄がなかったのだが。小学校も中学校も歩いて公立の学校に通った。子どものうちから地下鉄を乗りこなすなんて、都会の子は早熟だな。この調子だと、高校生になる頃は何に乗っていることやら。

三時頃の車内はわりに空いているので、子どもたちは座席に腰掛けていることが多い。二人組の子、三人組の子、五、六人のグループもいる。「パパとママ、どっちが好き?」

「ママ。パパ嫌い」「俺も俺も。パパ大嫌い」なんて物騒なやり取りをしている男の子と女の子もいたりする。

ある時、ランドセルの男の子たちが優先席を占領していた。三人が腰掛け、その前に二人が立って賑やかに話していた。あらら。子どもは優先席には座らない方がいいんじゃないかな。そう思っているところに、年配の女性が二人乗ってきた。優先席に向かったが、そこに子どもたちがいることに気づいて足を止めた。

はっとした。わたしが子どもたちに注意した方がいいだろうか。それともこの人たちが「あんたたち立ちなさい！」と一喝するかしら。迷っていると、立っている子の一人が女性に気がついた。

「あ、おばあさんだ」

あとの四人がそちらを見た。座っていた三人が立ち上がった。おばあさん、とな。七十代ぐらいの女性だから、小学生から見ると確かにおばあさんだろう。しかし……。

「おばあさんなんていわないで！」

今度こそ女性が一喝すると思ったが、立ち上がった子どもたちに女性は「いいのよ、座ってて」と優しい声でいった。

三人組は再び腰を下ろすことはなく、女性たちに席を譲った。「ありがとう。どこの小学校?」一人が学校名を告げた。「へえ。どこにあるの?」「東高円寺です」「みんな何年生?」楽しい交流会が始まった。女性たちの大らかな態度と、子どもたちの素直さが車内の空気をなごやかにした。わたしがヤキモキする必要はまったくなかったのだ。

それにしてもほとんどの電車は、子どもが立てるような構造にはなっていない。吊り革に手が届かないから、どの子もゆらゆらしながら立っている。急ブレーキがかかると危ない。ドア付近に握り棒があるが、そこにいると急いで乗り降りする大人に突き飛ばされそうだ。子どもが安全に立っていられるようにできないものか。

冬は捕り物

1

熱燗のおいしい季節になった。わたしはお酒があまり飲めないが、この季節になると燗をつけたお酒がふと恋しくなる。

つい先日、豊田君と居酒屋に行った。北風が吹く夜だったので、お店に入るなりおでんと熱燗を注文した。まもなく運ばれてきたお酒は、縦長の湯飲みに注ぎ口をつけたようなお銚子に入っていた。

「どうぞ」

「あ、すみません」

豊田君のお猪口《ちょこ》にお酒を注ぐ。続いて豊田君がわたしのお猪口に注いでくれる。はずが、お酒はお猪口に入らず、テーブルの上にこぼれてしまった。

「うわっ」

あわてて豊田君は手を引っ込める。が、お銚子を傾けたまま引っ込めたので、お酒はさらにこぼれた。

「す、すみません。ああ、もったいない」

自分がこぼしといてよくいうよと思ったが、年長者の余裕でいちいち怒ったりはしない。デザインに凝るあまり、注ぎにくいお銚子なのがそもそもよくないのだ。

「もう少しそっと注いでみて」

「こうですか。うわっ」

二度目もうまくいかなかった。

大学生の豊田君は喫茶店でアルバイトをしている。そのせいか、ピッチャーでコップにお水を注ぐように元気いっぱいにお銚子を傾けるのだ。それではお酒はこぼれてしまう。

「お銚子の注ぎ口をお猪口にくっつけて。そう、それで静かに傾けてみて」
二、三度練習するうち、できるようになった。
「お酒を注いだことないの？」

「ないです」

「友だちと飲む時は？」

「カップ酒なので」

お酒を差しつ差されつなんて、考えてみたらわたし自身、学生時代にした覚えはない。

いつどこで覚えたのだろう。自転車に乗れるようになった日や鉄棒の逆上がりができるようになった日は覚えているのに、お酒を注げるようになった日のことは記憶にない。努力してできるようになったこととは違い、日々の暮らしで何となく覚えたことは記憶に残らないのだろうか。豊田君以上にお酒をぼたぼたこぼしていたかもしれないのに。

赤ん坊の時は、泣くこと以外、何もできない。やがて歩いたり走ったりすることを覚え、足し算や引き算を覚える。電車の乗り方や洗濯機の使い方を覚え、友だちとの付き合い方や仲直りの仕方を覚える。わたしたちの一生は覚えることの連続だ。めまいがしそうなほどたくさんのことを一つずつ覚えていく。いま当たり前のようにできることも、赤ん坊の頃はできなかった。

大人になると何でもできるかというとそんなことはなくて、努力してもできないことはたくさんある。それがわかるのが大人になるということなのかもしれない。

2

今年もまた気ぜわしい時期がやって来た。師走はただでさえ忙しいのに、クリスマスなんてものまである。

「盆と正月がいっぺんに来たようだ」という言葉があるけれど、お盆と正月には数カ月のズレがある。どう頑張ってもいっぺんには来られない。ところがクリスマスと師走は、同じ時期にしゃあしゃあとやって来る。月初めならまだしも、師走も残り少なくなった頃、嫌がらせのようにクリスマスは来るのだ。

「うちらが一緒に行ったらみんな迷惑しはるみたいやから、ちょっと時期をずらそうやないの。うちは十一月に行きますよって、あんたは三月にお行きやす」

師走とクリスマスがそういう相談をして別々に来てもよさそうなのに、仲が悪くて口をきくのが嫌なのか、仲がいいから一緒にいたいのか知らないけれど、毎年決まってクリスマスと師走は十二月に来る。

わたしは素直にクリスマスを楽しむことができない。それどころか、クリスマスで浮かれる人たちに、冷ややかな視線を向けている。クリスチャンでも外国人でもないくせに、「メリー・クリスマス！」なんてよくいうよ。プレゼントはどうせ好みじゃなくて、いらないものが部屋に増えるだけなのに。

先日、お気に入りの地味なバーに久しぶりに行ったら、クリスマス・ソングがずっと鳴っていた。うむむと思った。こんな店にまでクリスマス菌が蔓延しているとは。

いくらジャズ風のアレンジでも、クリスマス・ソングはすぐわかる。聞いていると気持ちが浮ついて、曲に合わせて歌いそうになる。ああ、いかんいかん。ここで歌ってはわたしの負けだと自分を押しとどめる。

クリスマス・パーティなんてものには長らく誘われたことがない。仮に誘われてもあまり行きたくはない。笑顔でワイングラスなんか持ち上げちゃって「メリー・クリスマス！」なんていうのは絶対嫌だ。

アンチ・クリスマスのわたしは毎年十二月二十四日は一人で部屋にいてお茶漬けをすすっている。達観しているので寂しくない。といったら嘘になる。十二月二十三日とか二十六日は一人でお茶漬けでも平気なのに、二十四日だと切なくて胸がきゅうっと痛くなる。かようにクリスマスはからだに悪い。なくしてしまった方が皆の健康のためだ。

忘年会が二十四日にあると、救われた気分で出掛けていく。これはあくまで忘年会で、断じてクリスマス会ではないと自分にいい聞かせながら。お酒を飲んでアホなことを喋るという点では、どっちもおんなじなのだけど。

3

いやあ、まったく大変である。ふとした出来心で作った冊子のために、大のおとな六人が振り回されている。こんなに手がかかるとは思わなかった。

歌人や俳人、詩人、作家など十人ほどが集まって「エフーディの会」というものを作り、歌会と句会を毎月開いて楽しんでいる。メンバーのうち歌人の石川美南、川野里子、東直子、俳人の神野紗希、作家の三浦しをん、そしてわたし（一応詩人）の六人が、春に愛媛の松山と別子銅山跡地に行って短歌や俳句を詠んだ。それで終わりのはずだったのに、せっかくだからエッセイや詩も書き足して作品集を作り、秋の「文学フリマ」で売りましょうと石川さんが提案し、皆もそれに同意した。

石川さんがデザインや編集を引き受けてくれて、口絵写真入り、本文六十二ページの冊子「エフーディ」が無事に完成した。そして十一月の「文学フリマ」で、六人が交替で売り子をして「エフーディ」を売った。

「文学フリマ」は広い会場に数百のブースがびっしり並ぶ。アマチュアの書き手のブースもあれば、プロの人たちのブースもある。売られているのは小説もあれば詩歌もあり、SFやファンタジー小説もある。手製の豆本やハガキを売る人もいる。まさにマーケットのように無数のブースがひしめいている。

「エフーディ」を買いに来てくれる人はどれぐらいいるかしらん。心配したけれど、三浦しをんさん目当ての人（多分）が次々に来てくれて、夕方五時までに百五十冊ほど売れた。よかった。と喜んでばかりはいられない。勢いで千五百冊も作ってしまったので、残部がまだ山のようにあるのだ。六人で分担して預かっているが、このままでは場所塞ぎだし、製作費の赤字は埋まらない。六人で協力して売っていかなければならない。

ネット通販をするために銀行に口座を開き、封筒やスタンプや請求書を用意した。ぽつぽつ注文が入り始めたので、封筒に宛て名を書いて発送するようになった。と書くと簡単そうだが、あれやこれや細々とした問題がいくつも生まれ、その都度六人でメールをまわして相談している。

さらに、販促のためにクリスマス・イブにトークイベントをしようということになり、その相談もしなければならない。ただでさえ忙しい師走に忙しさが加算され、もう、わけがわからない。出来心を起こしたために、面倒なことになってしまった。

でも仲間とお金を出し合って自分たちの冊子を作るのは久しぶりの体験だ。昔、詩の同人誌を出していた頃のことを思い出し、懐かしさや楽しさを味わってもいる。同人誌の部数は百冊ほどだったから、友人知人に配って終わりだったけど。

4

エッセイのゼミで贈り物をテーマに話していると、「わたしクリスマスにサンタさんから現金をもらったことがあります」と村山さんがいった。「プレゼントじゃなくて現金？」他の学生がすかさず訊いた。「どんな感じでもらったの？」「クリスマスの朝、お母さんが『これサンタさんから』といって封筒くれて、開けたら五千円入ってた」。

現ナマをくれるサンタは初めて聞いた。いろんなサンタがいるものだ。クレジットカードや商品券をくれるサンタもいるかもしれない。

「両親は忙しくて何をプレゼントすればいいかわからなくて、欲しい物を自分で買うようにって現金をくれたんだと思います」と村山さんはいう。なるほど。合理的なサンタクロースだ。

「結構大金じゃん。五千円で何買ったの？」

「何も買わなかった。仏壇に供えてずっとそのままだった」

クリスマスはキリスト教のイベントだし、サンタクロースはキリスト教の信者だろう。サンタからもらったものを仏壇に供えて大丈夫なのか。キリスト教と仏教の抗争が起きないか。仏様は優しいから慈悲の心でお許しになるのか。

考えてみると、クリスマスに子どもがプレゼントをもらうのは不思議な話だ。キリストの誕生日だから子どもがキリストにプレゼントをするならわかるけど、誕生日でも何でもない子どもがもらえるのは妙ではないか。しかも、親戚でもなく会ったこともない外国のおじいさんからもらうのだ。

サンタクロースは何ゆえ自腹を切って世界中の子どもにプレゼントを配って歩くのだろう。そのための資金はどうしているのか。年金だけでは足りないはずだ。サンタクロースは資産家なのか。表の顔はサンタクロースで、裏の顔はマフィアのボスか。プレゼントで子どもを釣ってマフィアの世界に引き込もうという魂胆か。

毎年、子どもたちにプレゼントするサンタさん。子どもの頃のお礼に、大人になってからサンタの誕生日にプレゼントをする人はいるんだろうか。そもそもサンタクロースの誕生日っていつなんだ。

子どもたちはいつまでサンタさんにプレゼントをもらえるのだろう。三十歳や四十歳になってももらっている人はいるのだろうか。うちにはサンタは幼稚園までしか来なかった。

「うちは小学六年で終わりでした」

ゼミの学生の吉川さんがいう。「六年の時もらったクリスマスプレゼントに『ラストプレゼント』と書いてあって、あ、今年で終わりなんだと思いました」。

小学六年というのはちょうどいい区切りかもしれない。いつまでも甘やかしておくと子どものためにならないものな。サンタさんもいろいろ考えているのだろう。「ラストプレゼント」か。サンタさんは日本語が書けるらしい。

5

お正月休みに福岡の実家に帰った。一週間ほど滞在したが、庭にはスズメが一度も来なかった。

「古くなった豆やお米を撒いてもスズメが来ないんよ」と母から聞いたのは、七、八年ほど前だった。昔はよく来ていたのに、気づくと姿を消していた。田舎なりに宅地開発が進み、田んぼも減って、スズメが生きていける環境が奪われたのかもしれない。

そういえばメジロも見なくなった。お隣のザクロの木に来るメジロが、以前はうちの窓から見えた。お隣がザクロを切ってしまうとメジロも消えた。「来るのはヒヨドリばっかり」と母は憎々しげにいう。軒下に吊るした干し柿や庭のプチトマトを数日前に食べられてしまい、ヒヨドリに腹を立てているのだ。「でもヒヨドリも不思議とレモンはかじらんのよね」と母。

苗木を買ってきて庭に植えたレモンはうまく根付いて毎年実をつける。二十個以上実がなる年もあれば、その半分ぐらいの年もある。ほったらかしだから見掛けはよくないが、農薬の類いは一切使ってないので安心して食べられる。さすがのヒヨドリもすっぱいレモンは苦手なのだろうか。皮がかたいからあきらめているのか。ちょっと実験してみよう。

わたしはレモンを一個もいで、二つに切った。台所にあったミカンと、熟しすぎてべとべとの富有柿《ふゆうがき》も二つに切った。そして窓から見えない木の枝にそれらを挿した。小鳥は臆病だから人を恐れる。人の視線がなければ安心してやって来るだろうと思ったのだ。

果物を挿した辺りから、まもなく鳥のさえずりが聞こえてきた。わたしはそっと庭に出てみた。遠くから眺めるつもりだったのに、人の気配を察して小鳥たちはぱっと飛び立った。メジロだった。三羽いた。果物を調べるとミカンの一房、一房が嘴《くちばし》でえぐられている。柿はつついたはずみに地面に落ちたらしく、木の下に転がっていたが、果肉だけでなく皮までしっかり食べられていた。

まだ三十分も経っていないのに、結構な食べっぷりだった。メジロだけでなく、ヒヨドリも手伝ったのかもしれない。レモンだけは「試してみましたが口に合いませんでした」というように、ほとんど手つかずのままだった。日本の小鳥はやはりレモンは好きではないのだろうか。

階段を上がって二階に行った。レースのカーテン越しに庭をのぞくと、クロガネモチの枝にヒヨドリがいて、赤い実をさかんに啄《ついば》んでいた。メジロやスズメより胃袋が大きそうだから、たくさん詰め込まないと満腹にならないのだろうな。

メジロは飛び立ったかと思うと近くの電線にとまってひとしきりさえずった。「この家に珍しくおいしいものがあるからみんな来るといいよ」と仲間に知らせたのかもしれない。やがてメジロが二羽、三羽とやって来た。のどが黒いジョウビタキも来たが、種類の違う鳥たちを少し離れた場所で眺めているだけだった。

6

後藤明生《めいせい》の「私語と格闘」の語り手の「私」は大学の教員で、授業中の私語に悩まされている。この作品は「新潮」の一九九七年一月号に発表された。当時、後藤明生は近畿大学の教授だった。この作品は、自身の体験に基づいて書かれている。

私語する学生たちにどういう態度で接しているか、「私」は同僚たちに訊ねる。学生を叱る教員もいれば、私語に負けじと大声で話す教員もいる。反対に、わざと小声で授業をする教員もいる。

ある夜、「私」がテレビを見ていると、学生の私語をテーマにした番組が偶然始まる。どこかの大学教授が登場し、今の学生はテレビを見るのと同じ態度で講義を聞くから自由にお喋りもすれば居眠りもする、また授業の前後はアルバイトなどで忙しいから授業中に話をするのだと結論づける。

この説が今も有効かどうかはわからないけれど、大学で授業を受け持っているわたしにも私語は切実な問題だ。ゼミは少人数だから、お喋りをする学生はいない。百人をこえる大教室の講義では、最初の年、賑やかな四人組の男女がいた。かなり遠くに座っているのに、教壇まで話し声が届くのだ。新米というのは悲しいもので、耳障りな私語をどうやってやめさせればいいかわからない。ぎりぎりまで我慢したあと、ついに爆発してしまった。

翌年からは少し知恵がつき、「まわりの人が迷惑するので私語はやめてくださいね。うるさい人はお口にガムテープを貼らせてもらいます」と初回の授業で優しくいうようになった。みんなガムテープは好きではないらしく、私語はぱったり消えた。

居眠りする学生はあとを絶たない。私語と違って静かだが、これはこれで腹立たしい。こっちが一生懸命喋ってるんだから退屈でも我慢して聞きなさいよ。そういって叩き起こしたくなる。気づかないよう上手に寝てくれればいいものを、机に突っ伏して堂々と寝るから許しがたい。

学生にも事情はあるだろう。徹夜でレポートを書いたかもしれないし、バイトやサークルで疲れているのかもしれない。退屈な授業を聞くよりもぐっすり寝る方がからだにいい。欠席する子に比べれば、授業に出るだけエライではないか。わたしが学生の頃は授業をさぼってばかりいた。そんなことを思うと起こすのは憚《はばか》られる。

とはいうものの、寝ている人たちに向かって話すのはむなしい。突っ伏している人の頭を眺めながら喋るうちにだんだんやる気が失せていき、さっさと授業を切り上げて帰りたくなる。

一方で、ノートを取りながら熱心に聞いてくれる学生もいる。その人たちに支えられ、途中で投げ出すことなく最後まで授業を続けられる。来年度からは初回の授業で「寝ている人にはバケツの水をぶっかけます」ということにしよう。

7

今年度の大学の授業がようやく終わった。来週は卒業論文、卒業制作の口頭試問があるし、学生たちの成績をつけたり、入試監督をしたりと仕事はいくらでもあるけれど、当分授業をしなくてすむのはありがたい。今、解放感でいっぱいだ。

解放感に命じられるままに、写真家の森山大道《だいどう》さんと大竹昭子さんのトークを渋谷まで聞きに行った。午後の一時に始まったトークは二時間後に終わったが、まだ外は明るい。さらに解放感に命じられ、名画を二本立てで上映している映画館に足を伸ばす。

この日の上映は「ローラ殺人事件」というアメリカ映画と、「面《つら》の皮をはげ」というジャン・ギャバン主演のフランス映画。どちらも一九四〇年代のモノクロの作品だ。「面の皮をはげ」とは、何と恐ろしいタイトルだろう。もちろん実際に皮をはぐのではなく、いかがわしい人物の正体をあばくという意味でこの言葉が使われているのだろう。わかっているけれどぎょっとする。

原題は「ミロワール」、フランス語で「鏡」という意味らしい。「面の皮をはげ」と「鏡」では、あまりに違いすぎる。どうしたらこんな邦題になるのだ。「ローラ殺人事件」の原題は「ローラ」。原題を丸っきり変えてはいない。なのに「鏡」は「面の皮をはげ」である。

チケットを買って中に入る。館内が暗くなり、「面の皮をはげ」が始まった。地元の名士として裕福に暮らす男を、ジャン・ギャバンが演じている。この男には人にいえない過去があり、その当時のあだ名が「鏡」だったことが映画を観るうちにわかってくる。どうやら、「鏡」と呼ばれた男の化けの皮をはがす映画らしい。

最後のシーンで男たちの派手な撃ち合いが始まる。パン、パンという乾いた銃声が繰り返し鳴り響く。現実だとピストルで撃たれたらうめき声を上げて苦しむはずだが、映画の男たちは黙ってころっと死んでいく。銃弾があたってもケガですむ人もいるはずなのに全員即死。現実にはあり得ないけれど、映画では許される。

撃たれて倒れる男たちを眺めるうちに、甦ってきた記憶があった。わたしが子どもの頃、新聞紙に包んだ銃を父親が家に持ち帰ったことがある。ずっしり重い銃を、わたしは自分の手に乗せてみた。その時の感触をぼんやりと覚えている。

父はギャングではなかったから、銃など持ち歩くはずはない。でも新聞紙をがさがさいわせながら取り出した銃の黒い輝きをわたしは見た。

あれは夢だったのだろうか。それとも子どもの頃テレビで見たことと、現実がごっちゃになっているのだろうか。真面目一筋だった父の面の皮をはがしたら、恐ろしい過去が現れた。そういうことになれば面白いのだが。

8

ツェギーさんのフルネームを何度聞いても覚えられない。大変長い上に、日本人にはなじみの薄い音の連なりだからだ。わたしは省略してツェギーさんと呼ばせてもらっている。彼はモンゴルの青年だ。二〇〇八年、日本と中国、モンゴルの詩人がウランバートルに集まってシンポジウムを開いた。シンポジウムが終了し、モンゴルを観光する日、ガイドしてくれたのが当時モンゴルの大学生だったツェギーさんだ。ハタチそこそこなのに物知りだった。モンゴルの政治、経済、社会、文学や音楽や伝統、何を訊いても答えてくれた。日本語も堪能だし、何より感じのいい青年だった。日本の詩人たちは皆この青年が大好きになった。

日本に興味のあったツェギーさんはその後来日し、東京の大学に通い始めた。わたしは時々会って食事をするようになった。都内に数軒あるモンゴル料理のお店もまわった。

ツェギーさんの話には驚かされることが多い。貿易の仕事をしている父親がロシアのマフィアに誘拐された話は、最初冗談かと思った。映画の中の出来事みたいに思えたのだ。でも本当の話だった。日本にいるとわからない緊張が海外にはある。

勉強やバイトやボランティアで、忙しいけれど充実した大学生活を送ったツェギーさんは、この春卒業する。

「学生時代に朝鮮半島からポルトガルまでユーラシア大陸を馬で横断したかったけど、実現できなくて残念です」

年末に会った時ツェギーさんはいった。これまた驚く話だった。子どもの頃から馬を乗り回していたそうだけど、車ではなく、馬で大陸横断とは。

「馬が疲れてしまうんじゃない?」

「三頭連れて行けば大丈夫です。かわるがわる乗れば」こともなげにツェギーさんはいう。

つい先日会った時ツェギーさんはいった。

「二〇四〇年にモンゴルでオリンピックを開催したいんです」

二〇四〇年。二十年以上も先だ。そんな先のことまで考えているとは。でも自分たちで運動会を開くのとは違い、オリンピックは難しい。まず開催地に選ばれないと。

「これから少しずつ友人たちと準備していこうと思うんです」

もしやこの人は誇大妄想かしらんと一瞬危ぶんだ。でも本人はいたって真面目だ。頭のいい青年だから、ひょっとすると実現させるかもしれないと思う。二〇四〇年までわたしは生きていないだろうけど。

数年後にはモンゴルに帰って起業したいと語るツェギーさん。そのために役に立つ会社への就職を決めた。あとは卒業式を待つばかりだが、その前に東京マラソンに参加する。日本にいる間にやりたかったことの一つが東京マラソンで、何度も応募してようやく当たったという。遠い夢もあり、近い夢もある。夢の一つに向かい、ツェギーさんはこのところ自宅の周辺を走っているらしい。

9

友人のお母さんが亡くなった。八十七歳だったから年齢的には仕方がないのかもしれないが、たとえ百歳でも親が亡くなればつらいことには変わりがない。同い年の大事な友人だ。お香典だけでは素っ気ない気がして、チョコの詰め合わせも一緒に渡した。

親を亡くした人にチョコは変かもしれない。でも、何年もお母さんの介護を続けてきた友人に「お疲れ様」の気持ちを伝えたかった。お花にしようかとも思ったが、「花より団子」でチョコを選んだ。

チョコレートには魔力がある。贈って嬉しく、もらって嬉しいのはチョコレート以外にない。と思うのはわたしだけだろうか。自分では買えない高級チョコをたまにもらうと踊り出したくなる。くれた人のことが好きになる。またくれないかなと期待する。二度目がないと、好きという気持ちは薄れていく。

バレンタインデーに女性が男性にチョコレートを贈る習慣は、今やすっかり定着してしまった。贈るのがチョコだからこそだろう。栗饅頭とか鯖寿司だったら、もらう喜びはともかく、贈る喜びはそれほどない。ぬか漬けでも同様だ。

バレンタインデーが近づくと、デパ地下は大変な騒ぎになる。目をきらきらさせた女性たちが売り場から売り場へと渡り歩く。みんなチョコが好きなのだろう。自分がもらいたいようなチョコを好きな人に贈ることが嬉しいのだ。

ひねくれ者のわたしはバレンタインデーにチョコを贈ることはないが、チョコそのものが目当てで売り場をうろついてしまう。普段の何倍ものチョコが並び、チョコレートの国に迷い込んだように幸せだ。

スーパーに行くといつもチョコが安くなっていないかチェックする。非常食用に多めに買っても、家にあるとすぐ食べてしまうので全然買い置きにならない。

旅行の時は必ずカバンにチョコをしのばせる。乗り物の中で景色を見ながらチョコをかじるのは最高の気分だ。お酒やタバコみたいに、チョコに年齢制限がなくて本当によかった。六十歳以上は禁止なんてことになったら生きる希望がなくなってしまう。太るし、虫歯になるし、からだに悪いのかもしれないけれどチョコとは別れられない。

仕事先の人から思いがけなく箱入りのチョコレートをいただいた。無地でシンプルな箱だったから、大したチョコではあるまいと嘗めていた。が、家に帰ってふたを開けると豪華なトリュフの詰め合わせで、一粒一粒輝いていた。

「こ、これは……」

震える手で一粒つまんで口に入れると、こってりしていて大変おいしい。急いでコーヒーを淹れて、至福のコーヒーブレイクを過ごした。この人との仕事は頑張ろう。そう思いつつ、あっという間に一箱全部食べ終えてしまった。おいしいものの欠点は、すぐなくなってしまうことである。

10

卒業論文、卒業制作の口頭試問が二月の初めに終わった。こちらもほっとしたけれど、学生たちの安堵はそれ以上だろう。

誰が考えたのか知らないが、口頭試問とはいかめしい言葉だ。なじみの薄い言葉だから学生たちは不安におののき、「何をするんですか」「何を訊かれるんですか」と事前に質問に来る。「鋭い指摘や質問がばんばん飛んで来るよ。途中で泣き出す人もいるから覚悟しといてね」と脅かしてみたくなるけれど、真に受けて失神する学生もいるかもしれないから我慢する。

「何を訊かれるかわからないけど、自分が書いたものについて何を訊かれても大丈夫なようにしておいてね。卒論や卒制にきちんと取り組んだ人にはセンセイたちは優しいから、心配しなくていいよ」

緊張をほぐすつもりでそう答えるものの、学生たちは自分がきちんと取り組んだかどうか自信がないらしく、ますます不安な面持ちになる。

口頭試問は学生一人にたいして教員二人。卒論、卒制を指導した主査と、直接やり取りのなかった副査が受け持つ。ドアを閉めた一室で、テーブルをはさんで、教員と学生が二対一で向かい合う。学生たちはそのことにまずおびえるようだ。いつもは優しいセンセイが口頭試問では豹変し、二人掛かりで自分をいびり倒すに違いないという妄想にかられる学生もいるかもしれない。

教員たちは毎年のことでも学生にとっては初めてだから、緊張するなという方が無理だ。優秀な論文や作品を提出した真面目な学生も、手抜きした学生も同じように緊張する。いや、真面目に取り組んだ学生の方が、より緊張するようだ。真面目な人はどんな時でも真面目なのだろう。

いいものを書いた学生は口頭試問の席で賞賛されるが、そうではない学生には少しばかり厳しい意見が待ち受けている。もちろん愛あればこそだが、学生にはショックが大きいらしく、控え室に戻ったあと仲間の学生に「フルボッコにされた」とぼやいたりするという。あの程度でフルボッコとは大げさな。本気でフルボッコにしてやるぜと燃えてくる。

あまりに遠すぎてほとんど記憶にないのだが、昔わたしも卒業論文を書いた。作家の倉橋由美子について五十枚ほど書いたのだが、論文の書き方もわからなかったし、ろくに勉強しなかったし、ひどい出来だったと思う。

口頭試問の日は恐怖のかたまりだった。スーツにネクタイの初老の教授が二人難しい顔で座っていて、厳しいことをいわれた記憶がぼんやりとある。フルボッコなんて言葉はなかった時代の話だが、今にして思えばあれこそフルボッコ中のフルボッコだった。

「口頭試問と書いてフルボッコと読むんだよ」。口頭試問について学生に訊かれたら、今度からそう答えることにしよう。

11

卒業論文と卒業制作の口頭試問が終わったと思ったら、すぐに入学試験が始まった。多数の教員や職員、大学院生などが入試の監督業務に携わる。七日間にわたる入試期間のうち、わたしが担当したのは三日間だった。

自分が担当する日は朝九時二十分までに出勤し、誰と組んで、どの試験場で何人の受験生を担当するかが記された一覧表を受け取る。一覧表の配布が当日なのは、不正を防ぐためだろう。試験場により受験生の人数はさまざまで、数人のところもあれば二百人をこえるところもある。受験生が多い試験会場は監督者の数も当然多い。不測の事態に備え、受験生が数人の会場でも監督者は必ず二人いる。

どんなにお天気がいい日でも、試験場の窓は暗幕で覆われている。窓の外で答えを教える人がいる場合を想定してのことらしい。そんな人が今どきいるだろうかと思うが、徹底して不正防止に努めている。

入試監督の仕事はいろいろある。解答用紙と問題用紙を入試本部から試験場に運んで受験生に配ったり、注意事項を読み上げたり、写真照合をしたり、試験が終わると解答用紙を回収したり。試験のさいちゅうは寝ていればいいかというと、そうはいかない。気分が悪くなった人、質問のある人が手を挙げていないか、不正をする人がいないか、絶えず受験生を見ていなければならない。トイレに行きたくなる人は時々いるし、鼻血を出す人もいる。そういう事態に対応するのも監督の仕事だ。

途中で机に突っ伏して寝る受験生は多い。全部解けたのか、あきらめたのか、激しい眠気に襲われたのか。寝ていたと思ったらがばっと起きて、猛スピードで答えを書き始める人もいる。人それぞれだが寝ている受験生はそのままにしておく。

試験場を巡回するのも仕事のうちだ。受験生の邪魔にならないよう、できるだけ静かに机と机の間を歩く。机に貼られた受験番号と、受験生が持参して机に置いた受験票の番号が合っているか、机の上に許可されてないものが置かれていないかも歩きながらチェックする。

机に消しゴムを二つ置く人は多い。床に落とした場合を考えているのだろう。去年は四つ置いた人がいた。用心深いのか、ものをよく落とす人なのか。床に転がった消しゴムは監督が拾って受験生の机に戻す。

時計を二つ置く人も珍しくない。こちらは落とした場合ではなく、止まった場合を考えてだろう。腕時計が多いが、アラーム付きの置き時計を並べる人もいる。時計を四つ置いた人はまだ見たことがない。

机にダルマを置いた人もいた。親指の半分ほどの小さなダルマだ。何でダルマ？　と思ったら、ダルマの形をした消しゴムだった。必勝祈願の消しゴムなのだろう。

受験生は緊張するだろうが、監督する方も緊張する。無事に一日終わるとほっとする。自分の担当した受験生が全員受かっているといいなと思いながら帰宅する。

春は繰る物

1

二泊三日で岩手県の花巻に行ってきた。旅の目的は宮沢賢治が三分の一、高村光太郎が三分の一、残りの三分の一は温泉だ。

よく知られているように、花巻は宮沢賢治が生まれ育った町だ。そして高村光太郎が終戦直前から七年間暮らしたところでもある。

前年花巻に行った時、宮沢賢治記念館や高村光太郎記念館、隣接する高村山荘にも寄った。でも大勢の人と一緒だったから時間が十分ではなかったし、真冬の高村山荘の周辺がどうなっているのか興味があった。光太郎記念館が修理中であることも、山荘が閉鎖されていることも知っていたけれど、ともかく行ってみることにした。要するにどこかに旅をしたかったのだ。

東京から花巻まで新幹線でおよそ三時間。温かい車内でうとうとし、はっと目を覚ますと窓の外はしきりに雪が降っている。遠くの山々も、近くの家々も、雪をたっぷりかぶっている。東京を出て一時間でこれなら花巻は吹雪ではと心配なような、楽しみのような。東海道新幹線は関ヶ原辺りの雪で遅れることがあるが、東北新幹線は雪に強いのか。時間通りに新花巻に着いた。そこから二両編成の電車に乗り換えて二駅隣の花巻に向かう。わたしと同じ新幹線で来て同じ電車に乗り換えた人は三人いた。男一人と女二人のグループだった。

花巻駅を出るとあちこちに雪の堆積があり、道路も雪で覆われていたけれど降ってはいなかった。コインロッカーに荷物を入れて、一時的に光太郎の記念館になっている建物まで歩く。スパイクつきのブーツで来たから雪道でもへっちゃらだ。道に迷いつつ辿り着いた建物には前年に見た展示品の半分も置かれてなくてがっかりしたが、まあ仕方がない。光太郎関連の本やハガキを買って建物を出たあと、花巻の町をあてもなく歩き回る。屋根には数十センチの積雪、軒下には数十センチのツララ。冷たい風が頬にちくちく刺さる。日曜日の午後なのに、住宅街にも商店街にも人影はほとんどない。車は時々通り過ぎるけれど、歩いている人はいない。寒さのせいだろうか。町を独り占め状態だ。猫も犬もおらず、カラスだけが元気に飛び回っている。

賢治の生家や高村山荘は翌日訪ねることにして、薄暗くなり始めた頃、駅前でバスを待つ。花巻の郊外にある温泉旅館を順にまわるバスが駅前から出ているらしいのだ。

温泉には行きたいけれど贅沢をしたいわけではない。一人で気軽に泊まれる素朴な宿はないかしらんと探したところ、よさそうなところが見つかった。その宿にこれから向かう。五時二十五分発と案内所で聞いたけれど、バス停に時刻表はないし、直前になってもわたし以外に待つ人はいない。本当にバスが来るのか不安だったが、やがて赤ちゃんを連れた若い夫婦と年配の女性がやって来た。何と、東京から花巻まで一緒だった三人連れもどこからか現れて列に並んだ。

2

ほぼ定時に送迎バスはやって来た。ばたばたと人が集まって、乗り込んだのは十四、五人ほど。大きなバスだから座席に余裕があり過ぎる。日が暮れた窓の外に雪景色が白くぼんやり浮かぶ。郊外に行くほど、道路脇に積まれた雪の量が増えていく。

二十分ほど走ると、温泉付きの立派なホテルが見えてきた。出迎えの従業員が入口で待ち受けている。バスが停まると数人降りた。次のホテルでまた数人。ますます車内が寂しくなる。わたしの泊まる宿に着くと、何と例の男女三人のグループも降りるではないか。同じ新幹線で来て泊まる宿まで同じとは。仲間に入れてもらおうかしらん。それにしてもこの中年男女三人組は何だろう。三角関係の果ての心中ツアーではあるまいな。

木造三階建ての宿はいい感じに古びていた。部屋はリフォームされていたが、床や階段は歩くとぎしぎし鳴った。食事はおいしく、お湯は柔らかで、からだの芯まで温まった。期待通りの素朴でいい宿だった。

翌朝バスで市内に戻り、宮沢賢治の生家を訪ねる。商店街にほど近いその家は新しく建てかわっていた。賢治の親戚が住んでいるので中には入れない。家の写真を撮ったあと、高村光太郎が妻の智恵子の法事をしたお寺に足を運ぶ。賢治の生家から歩いて数分のところだ。

お寺の周辺には飲み屋が多く、「ちえこ」とか「れもん」という名前のスナックもある。「智恵子抄」や「レモン哀歌」にちなんでつけたのだろうか。

きのうとは打って変わってまぶしいほどの晴天だ。風もほとんどない。そのためか、きのうは閑散としていた路上にも人の姿がある。寒い日は絶対出歩かないと地元の人は決めているのかもしれない。

昼食のあと高村山荘に向かう。バスはないのでタクシーに乗る。道中、運転手さんがいろんな話をしてくれる。自宅の暖房は薪ストーブで、八十歳を過ぎた父親が山から木を拾ってきて薪にしてくれること。小さな田んぼを持っていて、自分たちが食べるお米を作っていること。洗車した水が凍って足を滑らせ、左手の指を骨折した話など。「高村山荘にタクシーで行く人、時々いますか」と訊ねると「ほとんどいねえな」という返事。ちょっと寂しい。

光太郎にちなんで名づけられた高村橋を渡り、しばらく走ると目的地に着いた。賑やかな工事の音が響く高村光太郎記念館の向こうに山荘が見える。待っていてくれるよう運転手さんに頼み、山荘まで走る。

深い雪に覆われた高村山荘。暖房は囲炉裏しかないこの山小屋に、六十歳を過ぎた光太郎は七年住んだ。粗末な造りの小屋だから、朝、目覚めると枕元に雪が積もっていたらしい。よくも凍死しなかったものだ。もしや小屋の中に温泉がわいていたのだろうか。だとしたら高村湯と名づけたい。

3

古いものを抱え込んで暮らしていると運気が滞るという話を知り合いから聞いた。その話を信じたわけではないけれど、春めいてきたことでもあり、散らかり放題の部屋をすっきりさせようと思い立った。

この部屋に住んで八年になる。引っ越してきたばかりの頃は片付いていたのに、今や部屋中にものがあふれてまっすぐ歩けない。運気が滞るどころか、腐敗していそうだ。いらないものはどんどん捨てて、運気を呼び込むことにしよう。

ものを捨てることには爽快感と罪悪感がつきまとう。罪悪感にとらわれると何も捨てられなくなるから、鬼のような心をますます鬼にして、爽快感だけを味わいながら捨てていく。

着られなくなった古い服を捨て、終わった仕事の資料を捨て、小説や詩の下書きをした古いノートを捨てる。床に積み上げられた雑誌を捨て、何となくとっておいた空き箱を捨て、クリアファイルにはさんだ新聞や雑誌の切り抜きを捨てる。どうして切り抜いたのかわからない雑誌のページも結構多い。

そのうちひょっこり手紙が出てきた。以前仕事でお世話になった人にいただいた手紙だ。元気で精力的な人だったのに、去年の秋に亡くなられた。まだ六十代の若さだった。さすがに捨てられなくて、机の引き出しを開けて手紙をしまった。

その引き出しを整理していると、透明なビニールの小袋に入った白い粉が現れた。いつどこで入手したのか記憶にない。そもそもこの粉は何なのだ。塩や砂糖より粒子が細かい。洗剤でもなさそうだ。なめてみたらわかるかしら。毒薬だったら運気が滞るどころか、寿命が尽きてしまうけど。

ひょっとしてこれが覚醒剤というものだろうか。知らないうちにわたしは覚醒剤の運び屋にされて、でもどこかで手違いがあって自分の家に運んでしまったのだろうか。

覚醒剤は高いらしい。この白い粉を売ればウン千万になるかもしれない。いよいよ金運が開けてきたぞ。でも誰に売ればいいかが問題だ。

実物を見たことがないから、キメが細かくてさらさらのこの粉が覚醒剤という確信はない。覚醒剤ではないものを覚醒剤だといって売ったら詐欺になるから気をつけないと。もしかするとこれは重曹だろうか。重曹で磨くと台所のシンクや洗面台がピカピカになると聞いて、一キロ入りの重曹を以前買った。確かにピカピカになって重宝したし、お風呂に入れると入浴剤のかわりにもなった。

でもなぜ重曹を小袋に取り分けて引き出しにしまう必要がある？　よく見ると重曹よりもさらさらしているようだから、やはり別の何かだろうか。スポンジにつけてシンクを磨けばはっきりするけど、覚醒剤でもシンクはピカピカになるかもしれない。

白い粉の正体が気になって片付けはすっかり中断してしまった。部屋の運気と同様に、片付けまで滞ってしまった。

4

長田弘さん、井川博年さんとともに、詩歌文学館賞の詩部門の選考委員をつとめた。他に短歌部門と俳句部門がある。贈賞式は岩手県北上市の詩歌文学館で行なわれる。式に出席するため、五月二十三日、一年ぶりに北上市を訪ねた。

三年の任期が終わるので、式に出るのは今回限りだ。少し寂しい気もするが、さらに寂しいことに長田さんは五月初めに病気で亡くなった。三月の選考会にはいらしていた。贈賞式にもご一緒できると思っていたのに。式のあとの懇親会で、長田さんの思い出を語り合って献杯した。

翌日、皆で遠野を観光したのち、新花巻駅で解散した。東京に帰る人たちを見送り、わたしは花巻に残った。そして花巻在住の詩人・照井良平さんに電話した。

照井さんは、亡くなった稲葉真弓さんと「青焰」という詩の同人誌をやっておられた。稲葉さんの遺稿を集めた詩集が三月に出版され、お祝いの会が東京で開かれた。その席でわたしは照井さんに初めてお目にかかった。照井さんは会に出席するため花巻から来られたのだった。

照井さんに会うのは今回で二度目なのに、稲葉さんの詩の仲間だと思うと親しみがわいた。それでご厚意に甘え、照井さんの車で市内を案内していただくことにした。

「どこか行きたいところはありますか」と照井さん。わたしは高村光太郎記念館と高村山荘の名を挙げた。前年に初めて行き、この二月にも行ったところだ。今回は山荘の裏山にある「智恵子展望台」にも行ってみたかった。

山荘で暮らした頃、光太郎がたびたび足を運んだという「智恵子展望台」。見晴らしのいい展望台から、光太郎は「ちえこー、ちえこー」と亡き妻の名を呼んだ。前年来た時は時間がなく、この二月は雪が深くて行けなかった展望台に今回はぜひ行きたかった。

若葉がまぶしい山道を上がって行くと、十分ほどで「智恵子展望台」についた。花巻の町が眼下に見えたが、周囲の樹々に視界がさえぎられ絶景というほどではなかった。「光太郎がいた頃とは景色が違うと思いますよ」と照井さん。

「この木やあの木はまだなかったろうし、昔はもっと見晴らしがよかったはずです」

そうか、六十年前とは眺めが変わっているのだな。

稲葉さんが花巻に来た時も、照井さんはあちこち案内したという。わたしと照井さんはひとしきり稲葉さんのことを話した。前日は長田さんを偲び、この日は稲葉さんを偲ぶ日になった。

二人ともあっさりこの世を去ってしまった。できればもう一度お目にかかりたい。「稲葉さーん。長田さーん」光太郎を真似て、わたしも会いたい人たちの名前を展望台から呼びたくなった。ずっと呼び続けていたら、いつか現れてくれるだろうか。

5

八年ぶりに詩集を出した。タイトルは『戯《ざ》れ言《ごと》の自由』。版元は第一詩集の時からお世話になっている思潮社だ。

詩集が出て大喜び！　といいたいところだけれど、なぜか気分は沈みがち。このタイトルは失敗だったかもしれない、とか、作品の順番を間違ったかも、とか、こんな詩集を出す意味があるのだろうか、とか、どこまでも悲観的になる。前回詩集を出した時もこうだったろうかと思い出そうとするが、八年も前のことだから覚えていない。

この二カ月は忙しかった。担当編集者の高木さんと詩集の構成や装幀について何度も話し合ったり、ゲラをやり取りしたりした。詩集が出るとそれはなくなる。業務連絡のようなものだけになり、一緒に本をつくっていた時の高揚感は消える。高木さんは別の詩集に取りかかり、わたしも別の仕事へと気持ちを切り替える。寂しい。あの盛り上がりは何だったんだ。詩集が出た喜びよりも、寂しさの方が勝っている。

憂うつの理由はほかにもある。詩集の献本リストを準備しながら、愕然とした。前回詩集を出した時は存命だった人たちが何人も亡くなっているのだ。稲葉真弓さん、岩田宏さん、長田弘さん、三嶋典東《てんとう》さん、新井豊美さん……。高齢の人だけでなく、六十代の人たちも。読んでもらいたくてももうできない。

八年前には、これが最後の贈呈になるなんて思ってもみなかった。いつまでも贈呈できるとは限らないという当たり前のことに、今さらのように気づく。やがてはわたしも地獄に堕ちて、詩集を贈るどころか出すことさえできなくなるのだけれど。

寂しさを紛らすため、猫カフェに出掛けた。少し前に見つけて気になっていたカフェだ。猫にさわれば少しは気持ちが晴れるかもしれない。

雑居ビルの階段を三階まで上がってドアを開けると、猫っぽくて愛らしい女性が受付にいた。ガラスの向こうに白や薄茶やシマシマの猫が見える。子猫もいれば、貫禄のある猫もいる。ペットショップにいるような毛並みのいい猫たちだ。受付をすませ、アルコールで手を消毒して部屋の中に入る。

お客はやはり猫っぽい女の子たちや若いカップルが多い。「かわいー」を連発しながら猫の写真を撮ったり、おもちゃで猫を遊ばせたりしている。愛想のいい猫が多く、おとなしく撫でられたり、おもちゃにじゃれついたり。

猫は十匹ぐらいいるが、お客も十人ぐらいいる。誰もわたしのところにやって来ない。椅子に腰掛けて猫じゃらしをふってみたけど、全員無視。やがて子猫がこちらに突進して来たのでときめいたが、足元を走り抜けただけだった。ちっ。猫もおばさんより若い子が好きなのか。

猫が人間のようにならないことは知っている。でもきょうぐらいわたしと遊んでくれてもいいではないか。寂しさを紛らすために行ったのに、ますます寂しくなっただけだった。

あとがき

低反発枕なるものが現れた時には驚いた。ついに枕が人類に反旗を翻す時が来たらしい。重たく、決して清潔とは言えない人間の頭に、枕は夜な夜な押しつぶされている。苦行である。苦役である。しかもタダ働きだ。やられっぱなしでいいはずはない。そろそろ逆転する時だ。人間が枕のための枕になる世界をつくろう。

まずは低反発作戦だ。真夜中、かすかに振動し、人の眠りを妨げる。ふるえているかどうかわからないぐらい、かすかな振動。一ヵ月ほど続けたら人類はみんな体調を崩す。そのあと、中反発作戦、高反発作戦に切り替えてどんどん人類を攻めていこう。

低反発枕という言葉からは、そういう枕たちの声が聞こえる気がした。枕を応援しようと思った。人類に低反発する心をわたしも忘れずにいようとも思った。

静岡新聞から連載エッセイの依頼を受けたのは、低反発枕のことで頭がいっぱいの時期だった。枕といえば「枕草子」、「枕草子」といえばエッセイの元祖。そういう連想が働いて「低反発枕草子」という連載のタイトルをつけた。

週一回の原稿を八十八回書いて、二〇一五年の暮れに連載は終わった。書いたものがたまると本にしたくなる。『スバらしきバス』でお世話になった幻戯書房が本にしてくれると嬉しいなあと思ったけれど、小心者ゆえ言い出せなかった。今年の夏、同社の編集者・田口博さんが久しぶりに連絡をくれた時、思いきって相談してみた。田口さんは原稿をすべて読み、書かれた順ではなく、季節ごとにまとめたり並べ替えたりするという編み方を考案し、その上で出版してくれることになった。ありがとうございます、ありがとうございますと百回繰り返したくなるほどありがたかった。春はあけぼの、編集者は田口博。

本にするにあたっては何度も原稿を読み返し、あちこち削ったり書き直したりした。涙を飲んで収録をあきらめたものもある。気づけば連載が終わってそろそろ一年になる。
タイトルをお借りした手前、本が出たらまっ先に清少納言のお宅にご挨拶に伺おうと思っている。

平田俊子

二〇一六年十二月朔日

本書は「静岡新聞」二〇一四年四月六日から二〇一五年十二月二十日まで
毎週日曜日に八十八回連載された「低反発枕草子」を再構成した作品です。

装幀　細野綾子

平田俊子（ひらたとしこ）一九五五年六月三十日、島根県生まれ。詩人、小説家、劇作家。立命館大学文学部日本文学専攻卒業。八三年「鼻茸について」その他の詩篇で現代詩新人賞受賞。八四年の第一詩集『ラッキョウの恩返し』で注目される。九八年『ターミナル』で晩翠賞受賞。二〇〇〇年、戯曲「甘い傷」で文化庁舞台芸術創作奨励特別賞受賞。〇四年、詩集『詩七日』で萩原朔太郎賞受賞。〇五年、小説『二人乗り』で野間文芸新人賞受賞。一六年、詩集『戯れ言の自由』で紫式部文学賞受賞。ほか詩集に『（お）もろい夫婦』『手紙、のち雨』『宝物』、小説に『ピアノ・サンド』『さよなら、日だまり』『殴られた話』『私の赤くて柔らかな部分』『スロープ』、戯曲集に『開運ラジオ』、随想集に『きのうの雫』など。幻戯書房からは書き下ろし随想集『スバらしきバス』がある。

低《てい》反《はん》発《ぱつ》枕《まくらの》草《そう》子《し》

二〇一七年一月十五日　第一刷発行

著　者　平田俊子

発行者　田尻　勉

発行所　幻戯書房

郵便番号一〇一-〇〇五二

東京都千代田区神田小川町三-十二

電　話　〇三-五二八三-三九三四

FAX　〇三-五二八三-三九三五

URL　http://www.genki-shobou.co.jp/

印刷・製本　中央精版印刷

定価はカバーの裏側に表示してあります。

ISBN978-4-86488-111-1 C0095

スバらしきバス

平田俊子

バスはカフェより面白い――バス愛あふれる書き下ろし随想二十四本。近所からどこかに、ゆられて想う雨の日、風の日、晴れた日。夜も昼も街角で待っていてくれる、何と大らかな乗り物よ。路線バス、コミュニティバス、ツアーバス、高速バス……ささやかな道草のスケッチ。

四六判上製／本体二二〇〇円（税別）

少し湿った場所

稲葉真弓

水のにおいに体がなじむのだ――二〇一四年八月、著者は最期にあとがきをつづり、逝った。猫との暮らし、住んだ町、故郷、思い出の本、四季の手ざわり、そして、半島のこと。循環という漂泊の運命のなかに、その全人生をふりかえった、単行本未収録随想集。

四六判上製／本体二三〇〇円（税別）

本に語らせよ

長田 弘

あなたが受けとり、誰かに手わたす小さな真実――歴史のなかの、誰でもない人が書きしるした、誰のものでもある声に、じっと耳をかたむけ、このように生きた人がいたと、慎みをもってのこす、言葉の奥行き。単行本未収録随想を中心に著者自らが厳選、改稿、構成した遺言。

四六判上製／本体二九〇〇円（税別）

黒猫のひたい

井坂洋子

深く、深く眠れる日々を――「私たちは無垢なものに触れていないと生きてはいけないが、それらを守っているのだろうか。私たちのほうが逆に、草木や小動物や赤ん坊や死者や詩や音楽の、非力な力に守られている」。詩人のまなざしの重み。単行本未収録随想集。

四六判上製／本体二四〇〇円（税別）

最後の祝宴

倉橋由美子

横隔膜のあたりに冷たい水のような笑いがにじんでくる——六〇年代からの単行本未収録五十篇三百五十枚を初集成。江藤淳との「模倣論争」の全貌も解禁。また初期十五年間の全作を網羅した三百枚に及ぶ一大文学論「作品ノート」も収録。著者最後の随想集。古屋美登里解説。

四六判上製／本体三八〇〇円（税別）

題名はいらない

田中小実昌

銀河叢書　ついいろいろ考えてしまうのは、わるいクセかな——ふらふらと旅をし、だらだらと飲み、もやもやと考える。何もないようで何かある、コミさんの真髄。「私の銀座日記」「かいば屋」「ニーチェはたいしたことはない」など初書籍化の随想八十六篇。ハミダシ者の弁。

四六判上製／本体三九〇〇円（税別）